EIN SCHLEI-KRIMI

AF205990

KARIN ANTONIE ARNST

EIN SCHLEI-KRIMI

Bloody Mary

Bibliografische Information der Deutschen Nationalbibliothek:
Die Deutsche Nationalbibliothek verzeichnet diese Publikation in der
Deutschen Nationalbibliografie; detaillierte bibliografische Daten sind
im Internet über dnb.dnb.de abrufbar.

© 2019 Karin Antonie Arnst
Satz, Umschlaggestaltung, Herstellung und Verlag:
BoD – Books on Demand, Norderstedt
ISBN 978-3-7494-5955-1

»Ich mag die Augen gar nicht schließen, muss jeden Augenblick genießen, so schön ist meine Heimat – alles gelb – am Ostseefjord Schlei –«, murmelt Frührentner Tim.

Es ist Mai und es blüht der Raps.

Ein Naturschauspiel, das nur wenige Wochen anhält.

Tim, selbsternannter Sheriff in Kappeln; er radelt durch die Gegend zwischen Rapsfeldern und neben der Schlei.

Hund Elvis, ein Foxterrier, springt fröhlich hin und her.

An einer Bank machen sie Halt und stärken sich erstmal.

Tim führt Selbstgespräche und sagt zu sich: »Wie dankbar muss ich sein, in einer so schönen Gegend mit der vielen reizvollen Natur leben zu dürfen.«

Da er Frührentner ist, opfert er seine ganze Freizeit der Einhaltung von Gesetz, Ordnung und Sauberkeit in seiner geliebten Stadt Kappeln an der Schlei.

Es ist Mai und die Touristen kommen wieder. Herzlich willkommen. Wie schön, dass sie das auch alles erleben dürfen, denkt Tim, und durch den Tourismus lernt man so viele verschiedene Menschen kennen und der eigene Horizont erweitert sich dadurch enorm.

»Jetzt fahren wir zurück an den Hafen und essen Scholle oder Hering – mal sehen –«, sagt er zu seinem Hund Elvis.

Gesagt, getan; das Rad wird angelehnt und sie sitzen beide draußen am Hafen und Tim genießt seine Scholle ... hmm ... lecker.

Bald ist Heringsfest hier in Kappeln am Hafen mit den vielen Buden und einem Festzelt; freue mich schon riesig drauf, denkt Tim.

Satt geht es heimwärts zu seinem Reetdachhaus an der Schlei.

Ein Feierabendbier auf der Bank mit Blick auf die Schlei und dann geht es ab ins Bett.

***

Paar Tage vor dem Heringsfest – alle spielen jetzt verrückt –.

Janne, der Platzwart und Zuweiser der Stellflächen, hat alle Hände voll zu tun.

Du Janne, damit bin ich nicht einverstanden mit dem Stellplatz, der Nachbar gefällt mir nicht, der Platz ist mir zu klein, ich stehe auf der verkehrten Seite und die Gebühren sind viel zu hoch, so geht es den ganzen Tag; aber Janne, ein Kerl von zwei Meter Größe und einem entsprechenden Gewicht, bei ihm prallt alles ab – alles der Reihe nach und mit Geduld – das ist sein Spruch.

Irgendwie und irgendwann – spätnachts ist alles fertig – wie jedes Jahr!

Mit allen Mitarbeitern wird noch ein Nachttrunk

eingenommen und alle fahren schnellstens nach Hause, um zu pennen, denn morgen 14 Uhr geht es los.

***

Bei Ole, dem Festzeltbetreiber, geht es schon morgens um 8 Uhr los; es sollen noch Bewerberinnen/Bewerber erscheinen, die sich vorstellen für einen Job im Festzelt.

Pünktlich um 8 Uhr warten Ole und Ehefrau Gerrit im Festzelt auf die Bewerberinnen/Bewerber.

Ein Bewerber namens Piet steht pünktlich um 8 Uhr im Festzelt, stellt sich mit seinen Bewerbungsunterlagen vor und da der Eindruck zufriedenstellend bei Ole und seiner Frau ist, wird er eingestellt.

Weitere Bewerber trudeln später ein und da Bedienung gebraucht wird, werden noch einige Stellen besetzt.

Der Beginn des großen Abends im Festzelt kann losgehen.

Die Musiker, die Küche, alles ist bereit.

Um 14 Uhr hält der Bürgermeister eine Ansprache und er eröffnet das Fest.

Nun spielt die Kapelle, als wenn es ihr letztes Konzert wäre.

Alle sind zufrieden, denn jetzt geht es los.

Die Buden werden aufgemacht, Spielgeräte, Würstchen, Eis und Kuchen sowie leckere Fischbrötchen warten auf Abnehmer.
Alles ist in Hülle und Fülle vorhanden.

Ole sagt zu seinem Koch und den Bediensteten: »Also unter anderem erwarten wir den Stammtisch, den werden wir gleich neben die Theke stellen, da ich dann alles im Überblick habe. Es werden so circa 16/17 Leute sein am Stammtisch.
Wir werden einen Cocktail vorweg anbieten, dann wird gebratener Hering – satt – serviert.
Getränke und Nachtisch kann jeder nach Belieben bestellen.
Und die Musik muss heiß spielen, damit alle Durst bekommen.
Hopp, hopp, die Tische decken und los kann es gehen.«

Ole und seine Frau Gerrit stehen zum Empfang bereit. Sie sehen toll aus in ihren nautisch gestylten Gewändern.
Er hat ein Fischerhemd an mit entsprechender Hose und Mütze und Halstuch und seine Frau genauso abgestimmt.
Ein hübscher Anblick und voll passend zu diesem Fest.

Ole ist Festzeltbetreiber und Besitzer von zwei Restaurants am Hafen.

Es trudelt ein:

Fiete.

Fiete ist verheiratet, besitzt eine Fischräucherei und einen Fischbrötchenverkaufsstand in Kappeln.
Er ist eine Type und er hat immer einen guten Spruch drauf.

Danach kommt Arne.

Arne ist über 60 Jahre, verheiratet und er ist Vorsitzender des Naturschutzbundes.

Laut erscheint nun Klaas.

Klaas ist verheiratet; hat in eine alte reiche Familie eingeheiratet. Was er eigentlich so richtig macht, weiß keiner.
Jedenfalls ist er ein Weiberheld, im Grunde ein Nichtsnutz; aber wie er immer sagt, er ist der Schönste hier im Umkreis ... mit so einem Body; er geht ja auch mehrmals die Woche in die Mucki-Bude.

Dann erscheint Hauke, ein großer, sehr kräftiger Mann.
Er ist Apotheker hier in Kappen und er ist verheiratet.

Nun kommt Mattes.
Er ist geschieden und hat einige Häuser mit Ferienhausvermietungen an der Schlei.

Nach und nach erscheinen:
Thorin, ein Beamter der Stadt Kappeln, der vieles, vieles abknicken muss und somit auch viel Ärger und Hass abbekommt. Er ist verheiratet.

Nun wird begrüßt:
Janne, er ist Platzwart und Vergabestelle; er ist zwei Meter groß und sehr kräftig. Und »Gott sei Dank«, wie er immer sagt, »ledig«.

Laut wird es, wenn Heinrich kommt. Er ist Bauer und man macht bei ihm Ferien auf dem Bauernhof. Für die vielen Radler und Jugendlichen hat er eine Scheune hergerichtet und man kann auf Stroh und Heu schlafen. Es ist was ganz Spezielles und wird gut angenommen. Er ist verheiratet.

Lächelnd erscheint nun Jens, er ist verheiratet und Arzt in Kappeln.

Endlich kommen die Damen:
Zuerst Jette; sie ist ledig und hat einen Crêpes-Stand;
dann Fenja, sie ist geschieden, hat zwei kleine Kinder und ist Kindergärtnerin.

Es folgt nun Jule, ledig und Reporterin der hiesigen Zeitung.

Und dann erscheint Emmi, Kuchenhausbetreiberin in Kappeln; sie ist verheiratet.

Nun großer Auftritt der Polizei – heute ohne Uniform:
Freya Petersen – Polizistin in Kappeln
und Finn-Luca – Polizeianwärter in Ausbildung.

Freya Petersen ist schon lange, lange bei dem Stammtisch dabei und Finn-Luca hat sie einfach so mitgenommen.
Freya bleibt auch nicht lange; sie geht immer lange vor den anderen. Sie kommt auch in Zivil; aber wenn ihr sie auf der Polizeistation in Uniform seht: das ist ein Bild zum Schreien.
Da sie sehr drall ist, um nicht zu sagen sehr dick, müssen die Knöpfe ihrer Bluse Höchstarbeit leisten. Alles auf letzten Anschlag, und wenn sie dann ihre großen, schweren Brüste auf die Theke legt, sehr lustig alles.

Aber wenn sie dann aus der Polizeistation muss, setzt sie ihre Polizeimütze auf; die langen gelockten blonden Haare, rechts und links rausquellend, ein Bild für die Götter …

Und wenn man sich vorstellt, wie Freya Petersen Räubern und Verbrechern hinterherjagt, da ist die schönste Komödie nichts dagegen, das sagen sich auch so manche Besucher der Polizeistation.

Und zu guter Letzt wieselt auch noch der selbsternannte Sheriff, Frührentner Tim – natürlich rein zufällig – von Neugierde getrieben, mit Hund Elvis, einem Foxterrier, herein.

Er knipst alles, was er sieht.

Ole sagt zu Tim: »Für dich ist auch noch ein Plätzchen frei, wenn die anderen einverstanden sind.«

»Klar«, sagen alle, »für Tim immer.«

Jetzt setzt sich jeder so hin, wie es ihm gefällt, und das Gegröle geht weiter.

Es erfolgt am ganzen Tisch ein Auf-die-Schulter-Gehaue-und-Gekloppe und ein Durcheinander-Gegröle.

»So«, sagt Ole, »ich erkläre euch nun, wie es geplant ist mit dem weiteren Verlauf des Abends.«

»Erst trinken wir alle Bloody Mary als Cocktail, auf besonderen Wunsch von Fenja, die heute Geburtstag hat und diesen Cocktail für alle ausgibt, dann essen wir alle – wie jedes Jahr – unseren Heringsteller und dann kann jeder bestellen, was er möchte.«

Alle grölen sie jetzt, indem sie aufstehen und schreien, denn singen kann man es ja nicht nennen, »Happy birthday, liebe Fenja, happy birthday to you ...«

Alle sind mit Oles Vorschlag einverstanden und Ole und seine Frau beginnen mit dem Einschenken.
Alle Gläser stehen nun gefüllt, wunderschön anzusehen, auf Tabletts auf dem Tresen neben dem großen Tisch.

Aber vorher müssen noch zwei Ansprachen erfolgen von Thorin als Gesandter der Stadt und von Arne als Vorsitzender des Naturschutzbundes.
Sie stehen nacheinander auf und lesen von den vielen Seiten Papier ab.
Jule, die Reporterin der hiesigen Zeitung, schreibt fleißig mit.
Furchtbar, dieses Gesabbel; jedes Jahr der gleiche Mist, denken viele. Ende, Ende, wir haben Durst und Hunger ...

Inzwischen ist es fast 20 Uhr; die Musikkapelle fängt jetzt richtig laut an mit fetziger Tanzmusik und Schunkelmusik.

Die Reden sind inzwischen auch beendet und der Klaas hat schon wieder ein neues Frauenopfer an der anderen Bar im Festzelt entdeckt. Voll von Leidenschaft springt er auf, geht zu der entsprechenden Dame, tanzt mit ihr, trinkt mit ihr noch an der Bar was und verabredet sich dann mit ihr für nachher. Zufrieden geht er an den Stammtisch zurück und denkt: Der Abend ist gerettet.

Und Frührentner Tim knipst alles, was er sieht.

Zwei große schwarze, brennende Augen verfolgen jede Bewegung von Klaas ...

Inzwischen sind die Gläser mit Bloody Mary von Ole und seiner Ehefrau Gerrit und seiner Bedienung gefüllt und werden herumgereicht bzw. vor die entsprechende Person hingestellt.

Klaas, der zerzaust von seiner Tanzeinlage, verzückt und voller Leidenschaft zurückkommt, greift hastig aufs Tablett mit den gefüllten Cocktailgläsern, greift sich eins und dann, nachdem alle getrunken haben und Klaas noch einen Spruch drückt, hebt er das Glas und schluckt gierig alles runter.

Alle sagen: »Oh, wie lecker ...«

Plötzlich ein entsetzlicher Schrei von Klaas, der auf

den Boden fällt, sich immer wieder aufbäumt und röchelnd sich auf dem Boden wälzt. So geht es einige Zeit und dann ist Stille!

Alle stehen wie versteinert da und die Kapelle im Hintergrund spielt: »So ein Tag, so wunderschön wie heute …«

Das ist alles makaber und gespenstisch!

Als Erste fängt sich Polizistin Freya Petersen, die hier in Zivil mit ihrem Polizeianwärter Finn-Luca beim Stammtisch war; sie ruft per Handy den Notarzt.

Der Notarzt kommt, er versucht alles; aber dann sagt er: »Nichts zu machen. Ich stelle hier den Tod fest.«
»Alles deutet auf Einnahme von Zyankali hin«, sagt er zu Freya Petersen.

Alles wird jetzt von Freya Petersen und Finn-Luca abgeriegelt und Klaas, so gut es geht, abgedeckt.
Sie verständigt nun die Kripo und denkt: Ich muss zur Polizeistation; ich muss Uniform anziehen!
Uniform muss ich anziehen, denkt sie noch mal; alles ist offiziell, und wenn die Kripo kommt, kann ich ja nicht im Blümchenkleid vor ihnen und dem ganzen Publikum stehen!

Sie denkt kurz nach, greift sich ihren Auszubildenden Finn-Luca und sagt:
»Fahre du schnell zur Polizeistation, hole meine Uniform; zieh du dich auch um und bringe alles her und vergesse nicht die Formulare!
Das muss alles zügig, zügig gehen, trab an!
Ich kann die Tatortstelle hier nicht verlassen, komme ganz schnell wieder.«

Finn-Luca ist ganz aufgeregt, das ist sein erster großer Fall und er kommt sich jetzt ganz wichtig vor.
Nun weiß ich, warum ich zur Polizei gegangen bin, denkt er.

Dann endlich trifft Finn-Luca in Uniform ein mit der Uniform seiner Chefin Freya Petersen und den Formularen.

Freya Petersen zieht sich um. Sie guckt: Uniform da, Mütze auch da – aber keine Schuhe, die dazugehören und so praktisch flach sind und den Füßen guttun.
Dieser blöde Finn-Luca, denkt sie, der kann nicht mitdenken – typisch Mann …!
Na ja, nützt nichts, dann muss ich eben meine jetzigen Schuhe nehmen, mehr oder weniger Abendschuhe mit hohem Absatz, mit denen kann ich nicht gut laufen; sind halt für mich keine Laufschuhe, sondern Sitzschuhe.

Meine Güte, wie das aussieht, aber es geht nicht anders und außerdem ist es dunkel hier, vielleicht sehen das viele nicht.

Aber das ist mir eine Lehre, das passiert mir nicht noch mal; nächstens bei Einladungen ähnlicher Art ziehe ich gleich die Uniform an.

Voll in Uniform, tritt sie mit wackeligem Gang, energisch vor und sagt:

»Alle bleiben hier, bis sie verhört sind und die Kripo es erlaubt; diese ist benachrichtigt und wird in Kürze eintreffen.«

Diese blöden hohen Schuhe machen mir das Leben schwer, denkt sie.

Es erscheint kurz darauf die Kripo, die alles abriegelt, das Publikum im Festzelt wird aufgeklärt und die meisten werden entlassen und wandern in ein anderes Festzelt um.

Zwei glühende Augen verfolgen alles; eine wunderschöne Frau mit dunklerer Haut geht immer wieder um den am Boden liegenden Klaas herum, das fällt auf; sie muss dableiben.

Auch wird die letzte Damenerrungenschaft von Klaas ausfindig gemacht und muss ebenfalls dableiben.

Die Witwe von Klaas wird benachrichtigt und erscheint. Sie ist versteinert und setzt sich zusammengesunken auf einen Stuhl – weit weg von Klaas, ihrem Ehemann, der verdeckt am Boden liegt.

Die Kripo zieht sich weiße Anzüge an, untersucht alles, nimmt Proben, und der Leichnam wird in einen Sarg gelegt und wegtransportiert.

Die Witwe von Klaas sieht sich alles an, geht nicht an den Sarg, sieht sich nur alles mit leergeweinten Augen an.

Circa 20 Personen sind noch übrig; diese müssen sich jetzt alle hinsetzen und die Kripo fängt mit ihrer Arbeit an.

Mensch, denkt Jule, Reporterin der hiesigen Zeitung, die Geschichte fällt mir einfach so in den Schoß …
Sie notiert alles und macht Fotos, die aber noch mit der Kripo abgesprochen werden müssen, ob sie erscheinen dürfen.

»So«, sagt der Kommissar von der Kripo, »wir übernehmen jetzt die Arbeit in Zusammenarbeit mit der hiesigen Polizeistation. Frau Freya Petersen ist hier Ansprechpartnerin.

Zunächst wird erst mal im Labor alles Wesentliche untersucht, festgestellt und geklärt, dann sehen wir weiter.
Aber wir müssen jetzt schon alles protokollieren und alle Beweise festhalten.«

Jetzt setzen sich alle erst mal an den Stammtisch, so wie sie saßen.

Große Unruhe entsteht; keiner weiß mehr so richtig, wo jemand saß; endlich beruhigt sich die Situation etwas und jeder sitzt auf einem Stuhl.
»Mensch, Thorin, du hast nicht neben mir gesessen«, sagt Arne, Vorsitzender des Naturschutzbundes, »sondern Fiete, der hat mir die Ohren vollgesabbelt von seiner Fischbrötchenbude.«
»Stimmt«, sagt Fiete und die Plätze werden gewechselt.

Und so geht es hin und her, alle sind durcheinander, bis nach einiger Zeit die Sitzwahl stimmt.

Dahinter ein Tisch mit der Witwe von Klaas, der Schönheit mit den glühenden Augen und der Neu-erwählten von Klaas.

Zunächst bespricht der Kommissar alles mit Freya Petersen, die hier alle kennt und auch über die Ge-liebten von Klaas Bescheid weiß.

Der Kommissar sagt zu ihr: »Wir werden wohl davon ausgehen können, dass hier ein Giftmord mit Zyankali vorliegt, müssen aber die Ergebnisse des Labors noch abwarten.

Meist werden Giftmorde vom weiblichen Geschlecht ausgeführt, aber das muss hier nicht der Fall sein; es kann auch eine falsche Fährte gelegt worden sein.«

Er guckt auf die Füße und die Schuhe von Freya Petersen und Fragezeichen bilden sich in seinem Kopf.

Freya Petersen bemerkt das und sagt: »Ich kann das erklären«, und erzählt ihm die ganze Geschichte.

Das wäre was für die Polizeimonatszeitschrift, denkt er, was wohl die Kolleginnen und Kollegen dazu sagen würden …

»Na ja«, sagt der Kommissar, »es handelt sich hier wohl um einen sogenannten Weiberheld, sodass man denken könnte, eine Frau hat aus Eifersucht hier ihre Hand mit im Spiel. Was hat eigentlich seine Ehefrau dazu gesagt?«, fragt der Kommissar Freya Petersen.

»Eine ganz nette Person – aus guter Familie hier in Kappeln –«, sagt Freya Petersen. »Er hat sie wohl nur des Geldes wegen geheiratet, denn hübsch ist sie nicht und sie ist, so wie alle, seinem Charme erlegen. Zuerst hat sie wohl gemeint, sie könne über seine vielen Abenteuer hinwegsehen; dann sagte ihr Verstand, dass sie wegen der zwei Kinder so lange mit ihm zusammenbleiben muss, bis die Kinder aus dem Hause sind; sie wollte nach außen eine heile Familie darstellen und sie wollte ihnen das Elternhaus und die Familie erhalten.

Also machte sie ihre Augen und Ohren dicht und ertrug alles.«

»Aber«, meint der Kommissar, »auch bei ihr kann die Eifersucht sie so stark erfasst haben, dass das Fass zum Überlaufen kam.

Wir müssen alles in Betracht ziehen, auch die Möglichkeit, dass ein anderer zu der Tat angestiftet wurde.

Ich habe in meinem Polizeileben schon so viele Fälle gelöst, die man nie für möglich gehalten hätte.«

Aus Freya Petersen sprudelt es heraus:

»Auch hat man hier getuschelt, dass Gerrit, die Ehefrau von Ole, wo der Stammtisch stattfand, die Geliebte von Klaas gewesen sein soll.

Und mit Jette, die hier in Kappeln einen Crêpes-Stand besitzt, soll er auch eine intime Beziehung gehabt haben.

Auch soll die Kindergärtnerin Fenja scharf auf Klaas gewesen sein; sie lief ihm regelrecht nach und erzählte allen, dass sie etwas hätten.

Und immer taucht eine heißblütige Frau hier auf, die ihn verfolgt.

Auch müssen wir uns die Dame vornehmen, die zuletzt mit ihm im Festzelt eine Verabredung hatte und mit der er auch noch vor seinem Tod etwas getrunken haben soll.

Mit Arne, dem Vorsitzenden des Naturschutzbundes, soll er sehr zerstritten gewesen sein. Man weiß jedoch nicht, worum es da ging.

So, mehr weiß ich nicht.«

»So«, sagt der Kommissar, »wir vernehmen jetzt alle einzeln in einem gesonderten Raum.«

Zuerst verhören Sie Ole und seine Frau Gerrit – getrennt natürlich.

Ole erklärt, dass er die Cocktails mit seiner Frau Gerrit und seinen Gehilfen zubereitet hat. Die Gläser wurden stehengelassen auf den Tabletts auf der Theke, da sie sich alle noch mit anderen Dingen beschäftigen mussten.

Auf Nachfrage des Kommissars:

»Ja, im Prinzip konnte jeder an die gefüllten Gläser herankommen.«

»Wussten Sie was von dem Seitensprung Ihrer Ehefrau zu Klaas?«, fragt er nach.

»Ja«, sagt er, »das wusste ich«, und dann schweigt er.

Danach kommt noch:

»Mehr kann ich zu allem nicht sagen.«

Seine Ehefrau Gerrit gibt im Verhör auch zu, dass sie ein Verhältnis zu Klaas hatte; sie kann sich alles nicht erklären, alles ist für sie wie ein böser Traum, aus dem sie gleich erwacht.

Sie hat die Bloody Marys mit Ole und den Gehilfen zubereitet, ihr ist nichts aufgefallen.

»Wer kam denn noch in Berührung mit den Gläsern?«, fragt der Kommissar.

»Es konnte jeder an die Gläser heran, denn sie standen fix und fertig auf zwei Tabletts auf dem Tresen«, meint sie nach etwas Nachdenken.

Dann ist Arne dran, der Vorsitzende des Naturschutzbundes.

Er erklärt: »Ich hatte Ärger mit dem Klaas, denn der wollte ein Ferienprojekt direkt in einem Naturschutzgebiet erstellen, was jedoch abgelehnt wurde. Immer wieder gab es Ärger mit ihm.«

Jette, die einen Crêpes-Stand in Kappeln besitzt, wird befragt.

Sie hat nichts gesehen und sie weiß auch nichts, so Jette.

Befragt nach einer Beziehung zu Klaas verneint sie erst mal.

Auf Nachfrage vom Kommissar, sie solle noch mal nachdenken, meint sie: »Sie kriegen ja doch alles heraus, ja, ich hatte eine Beziehung zu Klaas … und wieso auch nicht; ich bin ledig, bin nicht spießig eingestellt und lebe mein Leben. Ja, ich stehe dazu, habe keine moralischen Bedenken, da er ja verheiratet war.

Ich bin eben etwas lockerer drauf, als all die anderen hier.«

Jetzt wird die Witwe von Klaas befragt.

Der Kommissar geht behutsam zur Sache und sagt: »Wenn Sie jetzt noch nicht wollen oder es Ihnen alles zu viel wird, bitte sagen Sie es mir, dann machen wir eine Pause oder vertagen das Verhör.«

Sie sagt: »Vielen Dank, aber ich muss jetzt alles loswerden.«

»Es musste ja mal so kommen«, meint sie. »Ich habe alles ertragen; aber ab einem bestimmten Zeitpunkt hatte ich keine Gefühle mehr für ihn und bloß wegen meiner beiden Kinder habe ich alles ertragen. In mir war alles erloschen, noch nicht einmal Eifersucht war da.«

Der Kommissar bedankt sich bei ihr, spricht ihr sein Beileid aus, findet das komisch in dieser Situation, aber so denkt er, das gehöre sich so.

Auch Fenja wird angehört:

Sie sagt: »Ich sage jetzt die ganze Wahrheit; ja, ich habe sehr um Klaas gebaggert, war sehr verliebt in ihn. Eines Abends, wir waren aus und in meiner Wohnung, schmiss ich mich ihm an den Hals.

Er wies mich barsch zurück und sagte knallhart zu mir: ›Du hast ja zwei kleine Kinder, und eine Frau, die schon Kinder auf die Welt gebracht hat, ist für mich sexuell unattraktiv; ich muss was Frisches und ganz Neues haben. Ich kaufe mir doch auch lieber einen Neuwagen als einen Gebrauchten!‹

Diese Aussage hat mich als Frau so beleidigt und gedemütigt, ich habe ihn nur noch gehasst und für mich war alles erloschen. Ich habe ihn von da an links liegen gelassen; ich hasse ihn heute immer noch, aber ich könnte nie so etwas tun, schon allein meiner Kinder wegen, die ihre Mutter nicht verlieren dürfen.«

Jetzt wird die rassige Schönheit verhört:

Sie sagt: »Ja, ich habe Klaas geliebt, so wie nur eine feurige Brasilianerin lieben kann.

Ich habe Klaas am Hafen in Kappeln kennengelernt; er war sehr charmant und liebenswürdig.

Wir trafen uns öfters, und als er mich rumgekriegt hatte, verlor er sein Interesse an mir und sagte mir ins Gesicht: ›Du interessierst mich nicht mehr; lass mich in Zukunft in Ruhe!‹

Das ertrug ich nicht; ich bin stolze Brasilianerin, so geht man mit mir nicht um. Ich verfolgte ihn, wo ich konnte. Aber ich könnte nie einen Menschen aus Eifersucht töten, das ginge gegen meine Religion. Ich habe ihn nur verfolgt, um mich langsam von ihm zu lösen.

Ich habe nur gesehen, dass er an diesem Abend wieder ein junges Mädchen angesprochen und mit ihr getanzt hat. Beide gingen dann an eine Bar, um etwas zu trinken, mehr weiß ich nicht.«

Die besagte junge Dame wurde ausfindig gemacht und befragt.

»Ja, es stimmt«, sagt diese, »mich hat ein hübscher Mann mit sportlicher Figur angesprochen, wir haben getanzt und tranken danach an der Bar noch einen Gin Tonic und wir verabredeten uns für später. Die Getränke kamen frisch aus den Flaschen und wie Sie sehen, lebe ich noch. Hier war getränkemäßig alles in Ordnung.«

Jule, die Reporterin der hiesigen Zeitung, hat schon rote Ohren und ihren Artikel fertig im Kopf. Ihr Chefredakteur ist auch schon – per Handy – informiert und hält eine ganze Seite seiner Zeitung für sie frei.

Der Kommissar erklärt ihr, dass sie nur über das Geschehene berichten kann; aber noch nicht, dass es eventuell ein Zyankali-Mord sei; das muss abgewartet werden, bis das Labor alles abgeklärt hat.

Zuletzt kommt Frührentner Tim dran.
Er hat tatsächlich nichts gesehen und gehört.
Rein zufällig sei er dann gekommen; natürlich sei auch Neugierde mit im Spiel gewesen.
Er gehöre eigentlich nicht zum Stammtisch, aber er wurde dann eingeladen.
Er hat so viel geknipst, das muss er erst mal zu Hause alles überdenken und auswerten.

Habe ja so viel Zeit, denkt er, bin verwitwet; auf mich wartet keiner; habe meine Familie immer mit, das ist mein Hund Elvis, den ich sehr liebe.
Ich habe in der Vergangenheit schon einiges aufgeklärt und ich sehe zu, dass hier im wunderschönen Kappeln immer alles in geordneten Schienen läuft, denn ich liebe auch mein Kappeln sehr.

Jetzt sind alle durch, die Protokolle fertig und es ist weit nach Mitternacht.

Der Kommissar erklärt allen, dass sie jetzt nach Hause dürfen, und falls noch Nachfragen sind, bekommen sie schriftlich Bescheid.

Der Kommissar und die Polizistin Freya Petersen verabschieden sich; alles andere wird polizeiintern geklärt.

**

Nach einigen Tagen ist Gewissheit da. Die Laborbefunde liegen vor; es war ein Giftanschlag durch Zyankali.

Jule von der hiesigen Zeitung hat schon nachgefragt und kann jetzt endlich ihren Artikel in der hiesigen Zeitung veröffentlichen.
Auch Frührentner Tim beginnt jetzt ernsthaft mit seinen Recherchen. Er guckt seine gemachten Fotos an und geht in die Bewertung; er hat sich einen Plan gemacht – eine Zeichnung im Großformat mit Tatort und Sitzfolge des Stammtisches – und geht den Tatabend Punkt für Punkt durch.
In seiner Zeichnung stellt er die Tabletts mit den Bloody-Mary-Gläsern hin und überdenkt alles.

Immer ist er in Kontakt mit der Polizistin Freya Petersen auf der Polizeistation, der er tierisch auf den Senkel geht.

Sie denkt: Habe schon Arbeit genug, muss der mich auch noch nerven!

***

Heute, denkt Tim, gehen wir mal durch mein geliebtes Kappeln zur Fischräucherei, die Fiete gehört. Er schnappt sich Elvis und los geht es.

Angekommen, setzt er sich in einen Strandkorb, Hund Elvis zu seinen Füßen, und genießt ein Fischbrötchen.

Schmatzend guckt er in die Sonne und denkt: Was haben wir es nur schön hier!

Fiete setzt sich zu ihm und sagt: »Es ist wie ein furchtbarer Traum, den wir erlebt haben. Wer kann bloß so was machen und, Tim, ich frage mich, wer kommt an Zyankali ran? Ich wüsste nicht, wie!«

»Ja«, sagt Tim, »die Welt wird immer schlimmer; jetzt passiert so was schon in unserem schönen Kappeln. Sollen doch die ganzen Bösartigkeiten vor unserem Kappeln Halt machen! Ich bestelle mir jetzt nur noch als Getränk alles in Flaschen, die ich selber aufmachen kann«, sagt Tim, »das hat mir gereicht.«

»Genauso mache ich das jetzt auch«, sagt Fiete.

»Aber weißt du, Fiete, ich nehme noch ein Fischbrötchen, das schmeckt so lecker; dann bin ich satt und brauche mir nichts zu Mittag machen.

Und ich nehme auch noch einen geräucherten Aal mit nach Hause, den ich heute Abend auf Schwarzbrot mit dicker Butter essen werde.

Ich muss das ganze Abscheuliche erst mal durch Essen vergessen.«

***

Bei Emmi, der Kuchenhaus-Betreiberin in Kappeln, treffen sich immer montags zum Montags-Lady-Tag:
Jette, die Crêpes-Stand-Besitzerin,
Fenja, die Kindergärtnerin und
Jule, die Reporterin.

»Was hast du heute für Torten und Kuchen?«, fragt Jule.

»Nach dem furchtbaren Geschehen, ihr glaubt es nicht, ist die Nachfrage nach einem Bloody-Mary-Kuchen riesig. Wir haben alles ausprobiert und jetzt eine ganz neue Torte kreiert, die müsst ihr probieren; einfach köstlich …«

Alle sind empört; Wörter wie pietätlos und das, bevor Klaas unter der Erde liegt, und Weiteres wird gesagt.
Sie wissen nicht, ob sie lachen oder weinen sollen.
Aber die Neugierde siegt, sie probieren ein Stück der Bloody-Mary-Torte.
Dadurch, dass sie die Torte essen, verarbeiten sie diese böse Geschichte und wirken jetzt befreiter und wieder in der Realität angelangt.
Und siehe, die Torte schmeckt prima und ist ein Renner. – So ist die Welt! –

Jette, die eine Liebschaft mit dem Klaas hatte, denkt: Das ist nicht pietätlos, das hätte dem Klaas bestimmt sehr gefallen!

Fenja sagt: »Ich kann mir immer noch keinen Reim drauf machen, wer so was gemacht hat.
Und Jule, die Reporterin, meint: »Die Kripo wird das schon herausfinden.«

***

Tim und Hund Elvis radeln durch die Gegend zum Campingplatz und der Ferienhausvermietung von Mattes an der Schlei.
Die ganzen Plätze voll mit Wohnmobilen und Wohnwagen und Segelschiffen auf der Schlei, daneben die Apartmentvermietung.

Das Restaurant ist voll; an einem Tisch sitzen Mattes und Janne, der Platzwart.
Großes Moin und Hallo und Tim setzt sich zu ihnen.

»Na, wie sieht es bei euch aus?«, fragt Tim.

»Ich bin noch immer geschockt«, sagt Mattes.
»Es wissen ja alle, dass ich den Klaas nicht abkonnte. Ich mochte ihn nicht, er war ein Schwätzer und er

wollte mir querkommen; er wollte hier bei mir gleich nebenan, obwohl Naturschutzgebiet, eine große Ferienanlage bauen. Arne vom Naturschutzbund und Thorin von der Stadt Kappeln haben das alles aber abgelehnt.

Klaas hat dann weiter alle rechtlichen Möglichkeiten ausgeschöpft, erlitt aber endlich einen Schiffbruch.

Ich fand den Klaas furchtbar; ich weiß, über Tote soll man nichts Schlechtes sagen; aber ich bin ehrlich und alle wissen das.

Aber nie würde ich so einen Fiesling auf diese Weise erledigen wollen.«

Janne, der Platzwart, stimmt dem zu und sagt:
»Auch mich wollte Klaas einmal bestechen wegen einer Platzvergabe. Ich sagte zu ihm, er solle damit aufhören, sonst muss ich ihn anzeigen wegen Bestechung. Seitdem gingen wir uns aus dem Weg.«

Tim bestellt sich noch einen Kaffee und denkt: Die Wahrheit wird rauskommen, ich höre mir alles an und dann wird schließlich das Puzzle schon zusammenpassen.

***

Vieles geht dem Tim durch den Kopf; alles ist durcheinander, nichts passt zusammen!

Da beschließt er, eine Schleifahrt an die Ostsee zu machen, um sich mal wieder so richtig schön durchpusten zu lassen.

Tim und Elvis gehen in Kappeln an Bord und in Schleimünde von Bord. Sie setzen sich dort an den Strand und lassen sich so richtig schön durchpusten und Elvis tobt rum und holt Stöckchen aus dem Wasser.

Jetzt geht es mir wieder einigermaßen gut, denkt er und geht wieder an Bord, um die Heimreise anzutreten.

Wieder an Bord, klopft ihm einer von hinten auf die Schulter. Er dreht sich um und sagt: »Ach, moin Jens.« Es ist der Arzt aus Kappeln vom Stammtisch, der mit Familie und Besuch auch die Schleifahrt gemacht hat.

»Ich habe heute frei«, sagt Jens. »Und wie hast du alles verarbeitet, Tim?«

»Na, geht so«, antwortet dieser. »Ich denke viel nach.«

»Aber noch eins, Jens, wo bekommt man eigentlich Zyankali her?«

»Ja«, sagt dieser, »heutzutage bekommst du alles übers Internet und schwarze Kanäle oder über sonstige üble Stellen. Oh, ich muss weiter«, sagt er, »meine Familie schreit nach mir; wir sehen uns ja bald auf der Beerdigung, das sind wir dem Stammtischbruder Klaas doch schuldig?!«

Sicherlich, sicherlich, denkt Tim, irgendwann muss ja diese scheußliche Beerdigung sein!

***

Heute ist ein wunderschöner Tag.

In ihrem hübschen Reetdachhaus an der Schlei sitzen Tim und sein Elvis auf der Bank vor dem Haus und Tim denkt: Was mache ich nur heute?

Ach, wir fahren zu Heinrich, Bauer und Ferien-auf-dem-Land-Bauernhof-Betreiber nahe Kappeln.

Mit dem Auto geht es los.

Mit lautem »Moin, Moin« werden sie begrüßt.

Heinrich schreit immer so fürchterlich laut.

Ringsherum reiten Touristen auf Heinrichs gut gepflegten Pferden herum; sie wollen jetzt zum Ostseestrand, wo sie sich so richtig austoben können.

»Komm rein, Tim, wir trinken einen Kaffee«, sagt Heinrich.

Sie setzen sich nun in das gemütliche große Wohnzimmer.

»Weißt du, Tim, mich lässt dieser Anblick von Klaas gar nicht mehr los; hoffentlich ist die Beerdigung bald und eine Täterin oder ein Täter ist gefasst.«

»Ja, so geht es mir auch«, sagt Tim.

»Aber bis jetzt gibt es nichts Neues; ich stehe ja mit

unserer Polizistin Freya Petersen immer in Verbindung«, so Tim.

»Und die Freigabe der Leiche durch die Kripo zur Beerdigung muss ja auch noch erfolgen!«

»Ich habe die Fäden auch noch nicht zusammengekriegt, alles liegt noch ungeordnet in meinem Kopf«, sagt Tim.

»Ich habe auch keinen Verdacht; es müssen Beweise her! Wir müssen Geduld haben, bis dieser Fall endlich von der Kripo gelöst wird«, meint Tim.

Heinrich führt ihn noch zu seinem neuen Heuschlafhotel für alle, die es natürlich mögen.

Rot-weiße Bauernschlafdecken – alles prima –.

»So was hat hier auch gefehlt«, sagt Tim zu Heinrich, der sich vor Stolz gar nicht einkriegen kann.

»Ja, das lenkt mich alles ab von diesem perversen Mord«, sagt er zu Tim.

Sie verabschieden sich … bis zur Beerdigung von Klaas.

»Am liebsten würde ich da gar nicht hingehen«, so Heinrich.

Geht mir genauso, denkt Tim.

Wieder zu Hause, haut er sich erst mal ein großes Steak in die Pfanne. Kartoffeln und Beilagen gibt es nicht, da er zu faul dazu ist und alles auch ewig dauert. Fleisch genügt ihm.

Beim Kauen fällt ihm ein, dass er auch mal mit Hauke, dem Apotheker, sprechen könnte.

Nach dem Abwasch schnappt er sich Elvis und beide gehen in die Innenstadt von Kappeln, zu der einzigen Apotheke am Ort. Er bindet Elvis vor der Apotheke, gleich neben der Hundebar, an.

Als Tim den Trinknapf für seinen Elvis sieht, sagt er zu sich selbst:

»Das muss man allen hier hoch anrechnen, ein Herz für Tiere haben sie alle: in den Einkaufsstraßen überall Hundebars, gefüllt mit Wasser, vor den Häusern in Kappeln – vorbildlich; na ja, es gibt ja auch hier viele, viele Touristen, die mit Hunden hier sind.«

Aber wenn ich mir zum Beispiel andere Städte hier im Umkreis angucke, nichts, nichts, nichts dergleichen. In so ein Geschäft gehe ich erst gar nicht rein, weil es schon von außen her so seelenlos und unsympathisch wirkt, denkt Tim.

»So«, sagt er zu seinem Elvis, »ich komme gleich wieder und du wartest schön auf Herrchen!«

Er geht in die Apotheke und begrüßt Hauke.

Damit sein Besuch nicht so neugierig aussieht, sagt er zu Hauke:
»Was kannst du mir gegen Halsschmerzen geben?«

Es wird hin und her diskutiert, bis Tim sich endlich für ein Produkt entscheidet.

Tim beguckt sich Hauke und denkt:
Mensch, der ist aber alt geworden und er wirkt so müde!

Hauke ist Apotheker hier in Kappeln, sehr wohlhabend und er ist verheiratet.

Hauke fragt:
»Na, was gibt es Neues im Fall Klaas?«

»Ja«, sagt Tim. »Die Kripo ermittelt eifrig; sie hat auch schon Vorladungen von weiteren Verdächtigen und Untersuchungen von Spuren an den Gläsern durchgeführt.
Aber alles ist streng geheim; sogar aus meiner Freundin, der Polizistin Freya Petersen, ist nichts herauszubekommen.
Wir sehen uns auf der Beerdigung«, sagt er zu Hauke und »Tschüss!«.

Dann schießt Tim eine Frage durch den Kopf:
Wie leicht könnte Hauke als Apotheker an Zyankali kommen?
Aber was hat Hauke mit dem Tode von Klaas zu tun?

Tim verlässt die Apotheke und sein Elvis macht draußen großes Hallo und beide gehen dann Richtung Mühle Amanda.

Hier setzen sich beide auf eine Bank und plötzlich kommt ein Brautpaar mit großer Menschenmenge aus der Mühle und ein Fotograf macht Fotos.

Ja, hier kann man wunderbar heiraten in der Mühle Amanda in Kappeln.

Eine gute Ehe habe ich geführt, bin sehr dankbar dafür.
Über 30 Jahre waren wir zusammen, meine Josephine, von mir immer Finchen genannt, und ich.
Leider ist mein Finchen vor mir gegangen.

Wir werden uns im Himmel wiedersehen, davon bin ich felsenfest überzeugt.
Ich kann kein Grab besuchen, denn sie wollte eine Seebestattung auf der Ostsee; wo ich auch nach meinem Tode hinmöchte.

Das Wasser verbindet mein Finchen und mich – immer.
Diese Gedanken kommen Tim beim Anblick des Brautpaares.

Aber jetzt genug mit den traurigen Gedanken.

Ich habe ja meinen Elvis, mit dem lebe ich ja in Wohngemeinschaft zusammen und wir beide wollen es uns gutgehen lassen und die Welt noch ein bisschen verbessern und retten, so gut es geht.

»Nach diesen ganzen Eindrücken knurrt mir der Magen und ich habe keine Lust, zu kochen; komm, Elvis, wir gehen zum Hafen, setzen uns raus und werden lecker Fisch essen, hmm … Kutterscholle mit Speck, knusprigen Bratkartoffeln und Salat … hmm …

Schnell, schnell, Elvis, leg einen Gang mehr ein, mir läuft schon das Wasser im Munde zusammen.«

***

Am nächsten Tag hat Tim einen Termin in Flensburg.

Er fährt mit dem Auto und plötzlich ein unheilvolles Geräusch aus dem Motor und der Wagen sagt nichts mehr.

Das hat mir gerade noch gefehlt, denkt Tim und fährt den Wagen an die Seite und ruft den ADAC, wo er schon ewig Mitglied ist, an.

Nach für ihn langem Warten erscheint der gelbe Engel, der den Wagen untersucht und dann sagt:

»Nichts zu machen, Meister, Sie müssen in die Werkstatt mit dem Auto, das sieht nicht gut aus. Ich schleppe Sie ab zu einer Werkstatt in Flensburg.« Dort angekommen, untersucht man in der Werkstatt das Auto und es wird gesagt: »Wir müssen Ersatzteile besorgen; morgen am Nachmittag können Sie das Auto wieder abholen.«

Was soll ich jetzt machen?, denkt Tim. Die Werkstatt will ihm ein Ersatzauto geben, aber Tim meint: »Abends und nachts fahre ich nicht gerne und dann noch mit einem fremden Auto – also nehme ich mir in Flensburg ein Hotelzimmer – gucke mir noch Flensburg an – und fahre dann morgen am Nachmittag mit meinem reparierten Auto weiter nach Hause.«

Er nimmt sich ein Hotelzimmer und setzt sich dann in die Empfangshalle; alles wird geknipst.

Da kommt ein Paar herein – zwei Männer – sehr verliebt – und checken ein.

Mensch, denkt Tim, woher kenne ich die denn? Die kommen mir so bekannt vor.
Er knipst die beiden von der Seite und von hinten, die nichts hören und nichts sehen. Tim macht so, als wenn er das Hotelinnere knipst.

Die zwei verschwinden und Tim macht sich mit Elvis auf in die Innenstadt.

Er beschäftigt sich sehr mit der Frage, woher er die beiden kennt. Ihm fällt nichts dazu ein.

Spätabends kommt er ins Hotel zurück, nimmt noch zwei Bier an der Hotelbar zu sich und zieht sich zurück auf sein Zimmer.

Da Elvis gegen 23 Uhr immer sein letztes »Geschäft« macht, geht Tim noch mal mit ihm raus zu den Grünanlagen vor dem Hotel, denn Elvis macht immer nur auf Gras!

Nachdem Elvis nun sehr lange nach einem geeigneten Plätzchen gesucht hat und sich bequemt hinzusetzen, kommen ihnen Schritte entgegen.

Tim verdrückt sich hinter einen Busch und zerrt Elvis von seiner endlich gefundenen Hinmachstelle weg und hört, wie der eine zum anderen sagt:
»Ich liebe dich«, und der andere antwortet: »Ich dich auch.«

Tim dreht seinen Kopf um den Busch herum und sieht, wie beide sich leidenschaftlich küssen.

Hoffentlich hält Elvis seine Schnauze und fängt nicht an zu bellen, denkt Tim.

Aber Elvis ist nur neugierig, und als die beiden Männer wieder verschwunden sind, es waren die beiden aus dem Hotel, zerrt Elvis wieder zu seiner alten Hinmachstelle, erledigt alles und beide gehen zufrieden ins Hotel.

Die beiden kann ich beim besten Willen nicht unterbringen; muss erst mal alles überschlafen, denkt er.

Nach weiterem Überlegen meint er zu sich: »Ach, das geht mich alles nichts an; sollen sich doch alle querbeet lieben …«

***

Am nächsten Morgen zum Frühstück im Hotel – Gott sei Dank gibt es kein Frühstücksbuffet. Ich bin ja ein Buffethasser, denkt Tim. Es wird einem alles hingestellt von süß bis deftig und er kann auf seinem Stuhl sitzen bleiben; muss nicht zehnmal aufstehen, um das Vergessene an den Tisch zu schleppen. »Wunderbar, alles nach meinem Geschmack«, murmelt Tim.

Da …, da sieht er wieder die beiden Männer … schwer verliebt; aber sie sitzen mit dem Rücken zu ihm und bewegen sich nicht, da sie ja alles am Tisch haben.

Gesichter hat Tim nicht erkennen können.

Ach, vergiss das alles, sagt Tim zu sich, bezahlt die Rechnung und verlässt mit Elvis das Hotel, bestellt sich ein Taxi und lässt sich zur Autowerkstatt fahren, wo sein Auto bereits fertig ist, und sie fahren zurück nach Kappeln.

***

Die Witwe von Klaas bekommt Besuch von der Kripo.

Der Kommissar sagt zu ihr:

»Die Beerdigung von Ihrem verstorbenen Ehemann kann vorgenommen werden; alle Untersuchungen sind abgeschlossen; es wurde einwandfrei festgestellt, dass Ihr Ehemann durch Zyankali zu Tode kam.

Die Ermittlungen sind aber noch nicht abgeschlossen.

Jetzt bitte ich Sie, Einladungen zur Beerdigung an alle loszuschicken, erst mal an die Teilnehmer am Stammtisch, an Ole und seine Frau Gerrit, an die Brasilianerin sowie an alle Bediensteten von Ole und Gerrit.

Ich habe alle hier aufgeschrieben.

Anschließend laden Sie alle zum Kaffee ein«, so weiter der Kommissar, »in ein Restaurant; auch da wollen wir dabei sein; zwei Beamte der Kripo werden sich in Zivil dazwischen mischen.

Wir wollen sehen, wer sich wie verhält und ob Besonderheiten vorkommen.

Ich wünsche Ihnen viel Kraft, das alles durchzustehen; wir melden uns später wieder«, sagt der Kommissar und verabschiedet sich.

Die Witwe setzt sich hin und arbeitet die Liste der Kripo mit den Einladungen zur Beerdigung ab.

***

Der Tag der Beerdigung ist da.

Alle, die eingeladen wurden, sind auch erschienen.

Keiner wollte sich die Blöße geben und absagen, das wäre ja verdächtig gewesen. Und alle sind ohne Ehepartner da.

Nun sitzen all die Schwarzgekleideten in der Kirche, hören sich die Predigt an und geleiten dann den Sarg, mit der Witwe voran, zum Grab.

Nach Worten des Pastors am Grab, wird der Sarg hinuntergelassen und jeder nimmt sich eine Schaufel

Erde, sagt etwas oder auch nichts und wirft die Erde dann auf den Sarg.

Alle sprechen der Witwe ihr Beileid aus und geben eine Schaufel Erde auf den Sarg.

Keiner sagt was am Grab, da alle wissen, dass zwei Kripobeamte unter ihnen sind, die alles mitsehen und mithören können und eventuell etwas gegen sie dann auswerten könnten.

Ole wirft gleich eine volle Schaufel Erde mit voller Wucht auf den Sarg, sodass es laut scheppert. »Hoffentlich wird Klaas durch das Geräusch nicht aufgeweckt und kommt zurück«, sagt er ironisch zu sich.

Seine Frau Gerrit nimmt keine Schaufel Erde, sie guckt nur nach unten und denkt: Ich würde alles ungeschehen machen, wenn es ginge.

Tim nimmt nur die Schaufel mit einem Viertel voll Erde und wirft sie hinunter; er denkt nichts – sein Kopf ist leer –.

Arne, Mattes und Janne nehmen auch keine Rücksicht und hauen eine ganze Schaufel voll Erde kräftig und laut knallend auf den Sarg.

Jette, auch eine Geliebte von Klaas, ballert gleich drei Schaufeln Erde auf den Sarg, sodass es nur so kracht; das hätte Klaas sehr imponiert, denkt sie, so hätte Klaas es auch getan!

»Mach es gut, alter Junge«, sagt sie hinunterblickend zu Klaas, »und danke, danke für all die heißblütigen Nächte mit dir!«

Als Letztes kommt die rassige Brasilianerin dran.

Sie steht da, rote Rosen im Arm, knallrote High Heels an den Füßen; sie bleibt in dem Haufen Erde mit ihren Schuhen stecken und fällt kopfüber mit der Schaufel und den roten Rosen in die Tiefe und bleibt, auf dem Bauch liegend, die Arme und Beine weit geöffnet, auf dem Sarg von Klaas liegen.

Diese Position hätte Klaas bestimmt gut gefallen, denkt Mattes.

Sie schreit auf dem Sarg liegend: »Ich hasse dich, ich liebe dich!«

Alle bemühen sich, sie wieder nach oben zu bekommen.

Als Letzte, so wünschte sich das die Witwe, ist sie dran.

Sie steht lange am Grab, nimmt eine kleine Handvoll Erde, wirft diese hinunter; sie hat keine Blumen – nichts –, auch keine Tränen sind da. Sie sagt leise: »Ich wünsche dir, trotz allem, eine gute Reise.«

Endlich ist alles geschafft und alle bewegen sich – bis auf die Brasilianerin, die sich, humpelnd und zerkratzt von den Rosen im Gesicht, ein Taxi bestellt und heimwärts fahren lässt – zum in der Einladung stehenden Restaurant.

Heinrich, der Bauer, der ihr hinterhersieht, sagt zu Tim:
»Ja, das waren wohl die falschen Schuhe, diese roten Stöckelschuhe; wie kann man nur…« Er grinst in sich hinein.
Alle sind bemüht, sich nicht so hinzusetzen wie am letzten Stammtisch.
Es gibt Schnaps, aber Heinrich poltert zu der Bedienung:
»Stell ein paar Flaschen Korn hin, die noch nicht geöffnet wurden; ich schenke mir dann selber ein – habe noch ein Trauma vom letzten Mal –.«

Nach dem guten Essen und dem Schnaps, der immer wieder nachgeschenkt wird, lösen sich die Zungen.

Heinrich, der neben Ole sitzt, sagt zu diesem:
»Wenn meine Frau ein Verhältnis zu Klaas gehabt hätte, die hätte sich warm anziehen müssen. Warum hast du nicht mit der Faust auf den Tisch gehauen?«

»Halt dein Maul, das geht dich alles nichts an«, sagt Ole und schweigt dann.

Janne sagt darauf: »Fasst euch alle an die eigene Nase; jeder oder fast jeder hat hier Dreck am Stecken, die einen mehr, die anderen weniger.«

Arne und Hauke, beide sehr nachdenklich, sagen: »Soll Klaas jetzt seine Ruhe finden und die Kripo endlich Klarheit schaffen; das wünschen wir uns, damit alle wieder in Frieden hier leben können.«

Tim sitzt zwischen der Polizistin Freya Petersen und Finn-Luca und sieht und hört sich alles an.

Beerdigungen und noch solche wie diese gehen ihm tierisch auf den Sack.

Immer noch gehen ihm die zwei Männer aus Flensburg nicht aus dem Sinn; er kriegt aber alles noch nicht zusammen.

Freya Petersen sagt zu Tim:
»Wir müssen noch mal reden und werte deine Fotos aus und komme dann auf die Polizeistation.«

»Mache ich«, sagt Tim, verabschiedet sich dann von der Witwe und allen anderen und verschwindet.

Nur schnell weg hier, denkt Tim.

Zu Hause dann erst mal aus den schwarzen Klamotten, die ersticken mich und machen mich ganz depressiv, und jetzt schnell zu meinem Elvis!

***

Tim ist heute frustriert. Nichts kommt voran, nichts passt zusammen.
Er beschließt daher, eine große Schleifahrt mit dem Schiff von Kappeln nach Schleswig zu machen.

Das Schiff ist voll und schnell bekommt man Hunger und Durst.
Er macht Fotos und beguckt sich die Menschen.

Da ..., er glaubt es kaum, sieht er die beiden Männer aus Flensburg wieder.

Sie sitzen ein bisschen weiter von ihm an einem Tisch, unterhalten sich heftig – ja, man kann fast sagen, sie streiten sich – und immer wieder legt der eine seine Hand liebevoll auf die des anderen.

Knipse sie, denkt Tim und knipst und knipst.

Eine herrliche Fahrt, Tim steigt in Schleswig, wo die

Schlei endet, mit Elvis aus und sie besichtigen den wunderschönen Dom und die Fischersiedlung mit dem Friedhof der Fischer, er setzt sich noch in ein Restaurant und bestellt sich noch einen Rieseneisbecher … hmm … lecker.

Dann geht es wieder auf die Heimreise nach Kappeln; die beiden Männer sind verschwunden, wahrscheinlich sind sie in Schleswig ausgestiegen.

Was für Zufälle, denkt Tim. Ich werde die Fotos heute noch zu Hause auswerten.

So eine schöne Schleifahrt – wunderbar –, murmelt Tim. Sollte man öfters tun; man kann so schön die dreistündige Fahrt hin und die dreistündige Fahrt zurück genießen, die Augen schließen, sich den Fahrtwind um die Nase wehen lassen und endlich mal zur Ruhe kommen und nachdenken.

***

Die Kripo ist heute auf der Polizeistation in Kappeln.

Sie haben Vorladungen mit Ole und Gerrit und den Bediensteten auf dem Fest heute durchzuführen.

Der Kommissar und die Polizistin Freya Petersen spulen den Fall noch mal auf.

»Wir wissen immer noch nicht, wo kam das Zyankali her und wer hat die Gläser gefüllt und wie wurde serviert«, sagt der Kommissar.

»Außerdem haben wir herausgefunden, dass an dem besagten Cocktailglas, aus dem Klaas getrunken hat, ein roter Farbstrich außen angebracht war; höchstwahrscheinlich um zu kennzeichnen, für wen das Giftgetränk sein sollte.
Dieser rote Markerstift gehört zur Ausstattung von Oles Festzelt.
Dazu müssen wir Ole heute befragen.

Als Tatmotiv wird angenommen: Eifersucht.

Aber hier stimmt noch so einiger nicht; wir müssen weiter ermitteln.«

Es erscheint Ole mit Ehefrau Gerrit.
Die Befragung beginnt.

Frage des Kommissars an Ole, der alleine vernommen wird: »Wussten Sie von der Liebschaft Ihrer Frau zu Klaas?«
»Ja«, sagt dieser, »schon lange; aber meine Frau und ich, wir haben uns ausgesprochen und der Klaas hatte ja auch kein Interesse mehr an meiner Frau. Er gehörte zu den Männern, wenn sie eine Frau rum-

gekriegt hatten, war sie uninteressant für sie und es musste wieder was Neues her und was Frisches. So tickte der Klaas, dieser Weiberheld«, sagt Ole. »Ich habe mit dem Mordfall jedenfalls nichts zu tun.«

»Gut«, sagt der Kommissar, »wir befragen noch Ihre Ehefrau.«

Gerrit, die Ehefrau von Ole, erscheint und wird befragt zu ihrem Verhältnis zu Klaas.

»Ja, ich hatte ein Verhältnis zu Klaas; aber es ging nicht lange, da Klaas immer was Neues haben musste.
Das Verhältnis schlief ein; keiner wollte mehr was von dem anderen haben.
Meinem Ehemann Ole habe ich alles gebeichtet; er hat mir verziehen.
Nie, nie könnte Ole jemandem etwas zu Leide tun, völlig ausgeschlossen«, sagt Gerrit.

»Gut, alles verstanden«, sagt der Kommissar, »wir holen jetzt Ole dazu.«

Ole erscheint und jetzt werden beide vernommen.

»Also, es muss noch geklärt werden, wie der Bloody Mary eingeschenkt und serviert wurde.«

Gerrit erklärt: »Der Bloody Mary wurde von mir und unseren Angestellten gemacht und auf zwei Tabletts gestellt und auf der Theke abgestellt.«

»Ja, das stimmt«, erklärt Ole.

»Im Prinzip konnte jeder da rankommen; im Nachhinein hätten wir die Gläser hinter die Theke stellen sollen, damit keiner da rankommen konnte; aber hinterher ist man immer schlauer, wer denkt denn auch an so was Schlimmes!

Die Gläser sollten dann jedenfalls jedem Stammtischbruder hingestellt werden; aber fast alle Stammtischteilnehmer haben sich einfach ein Glas vom Tablett genommen.
Alles war ein bisschen durcheinander!

Und dann kam auch noch Klaas, erhitzt vom Tanz und von seiner neuen Bekanntschaft, der einfach ein Glas vom Tablett nahm und es gierig austrank.

Was dann passierte, wissen wir ja.«

»Und ich muss Ihnen sagen«, so der Kommissar zu Ole und Gerrit, »dass wir an einem Glas, dem Glas des Getöteten Klaas, einen roten Punkt gefunden haben.

Wir haben schon ermittelt, dass der Farbstift dazu bei Ihnen in Ihrem Festzelt lag; dieser wurde von uns sichergestellt.

Also, hier hat die Täterin oder der Täter seine Kennzeichnung gemacht, für wen das Glas bestimmt sein sollte.«

»Davon wissen wir nichts und uns ist auch nichts aufgefallen«, sagen Ole und Gerrit.

»Also«, sagt der Kommissar, »jetzt schreiben Sie uns die Namen und die Anschriften der Bedienung auf; wir werden sie vorladen und vernehmen.«

Ole und Gerrit schreiben die Namen und Anschriften ihrer Bediensteten auf, verabschieden sich und verlassen nach Unterschrift der Protokolle die Polizeistation.

»Alles rätselhaft; wir müssen Stück für Stück weiter an der Aufklärung arbeiten«, sagt der Kommissar zu der Polizistin Freya Petersen.

***

»Nun, heute müssen wir mal wieder zur Apotheke, zu Hauke«, sagt Tim zu Elvis. »Ich muss mir speziellen Tee besorgen, damit meine grauen Zellen wieder korrekt arbeiten können.«

Er nimmt Elvis und beide gehen durch ihr geliebtes Kappeln zur Apotheke zu Hauke.

Auf dem Weg dahin trifft er mal hier jemanden, mal dort jemanden, immer ist ein Schwätzchen drin.
Er setzt sich erst mal draußen hin und trinkt einen Kaffee und beobachtet die Menschen.

Wie schön ist es, dass so viele Menschen Kappeln und Umgebung besuchen.
Und die vielen Hunde, die sie alle mitnehmen, lobenswert. Hunde sind hier auch herzlich willkommen.

Man sieht das schon daran, dass überall vor den Geschäften und sonstigen Stellen, Wasserschüsseln, also Hundebars – aufgestellt sind und die Hunde fast überall mitgenommen werden können; das finde ich immer wieder gut hier.

So, nun weiter zur Apotheke; diese ist bald erreicht.
Hauke und er begrüßen sich, Tim bekommt seinen Tee, und da Hauke alleine in der Apotheke ist und andere Kunden da sind, verabschiedet sich Tim.

Tim setzt sich gegenüber der Apotheke auf eine Bank und guckt in die Gegend.

Da kommt durch den Hintereingang eine männliche Person heraus.

Nach dreimaligem Hinsehen stellt Tim fest:
Das ist ja Jens, der Arzt aus Kappeln.

Jens nimmt seine Umgebung gar nicht wahr, er hat es sehr eilig und verschwindet so schnell, sodass Tim ihn gar nicht ansprechen kann.
Tim hat Jens genau studiert und jetzt ist ein großes Fragezeichen und ein Ausrufezeichen in seinem Kopf.

Ich muss mir mal auf den Hinterkopf schlagen, um alles auf die Reihe zu bekommen.
Alles ist in seinem Kopf durcheinander!

Er steht auf und geht mit Elvis nach Hause.

Jetzt mache ich mir erst mal einen Tee; vielleicht beruhigt das ja und ich kann wieder klar denken – und ein Schläfchen wird auch nicht schaden, denkt Tim.

Ausgeschlafen machen sich Tim und Elvis auf zum Festzelt von Ole, das immer noch in Betrieb ist und ab 18 Uhr Happy Hour hat.

Ole sieht ihn und schreit: »Keine Zeit, keine Zeit, hab zu tun. Eine ganze Busladung voll Touristen ist gerade bei mir eingekehrt. Setz dich hin und bestell dir was!«

Tim bestellt sich was, danach noch was und danach noch was.
Er verliert die Übersicht!

Er hat gute Gespräche mit anderen Teilnehmern und Anwesenden geführt, und als er sich die Bedienung ansieht, kommt Piet auf ihn zu und fragt: »Na, noch einen Lütten? Es ist ja Happy Hour, alles zum halben Preis!«
»Ja, ein Bier aus der Flasche trinke ich noch und dann will ich zahlen.«
Er guckt dann auf den Tresen und den Stammtisch – er spielt alles durch von dem Tattag – und plötzlich ein Fragezeichen und ein Ausrufezeichen in seinem Kopf.
Nachdem er bezahlt hat, bemerkt er, dass er doch zu viel getrunken hat. Seine Beine wollen nicht mehr so wie er.

Aber Hund Elvis kennt das schon: Er geht forsch voran, sodass die Leine ganz stramm ist, und dann zieht er Herrchen Tim so langsam, aber sicher nach Hause.

Wie gut, dass er mich hat, denkt Elvis, sein treuer Hund.

»Jetzt habe ich aber die Schnauze gestrichen voll von all den Nachforschungen – soll die Kripo sich doch darum kümmern – wie komm ich denn dazu!, murmelt er – und schmeißt sich aufs Bett.

***

Am nächsten Morgen – schwerer Kater – man gut, dass ich den Tee habe, mache mir erst mal eine ganze Kanne voll.

Nachdem er drei Becher Tee getrunken hat und alles, so meint er, noch schlimmer geworden ist, beschließt Tim: Also gegen Kater hilft nur sauer eingelegter Hering.

Er geht verkatert zu Fiete zur Fischräucherei; setzt sich in seinen geliebten Strandkorb und bestellt gleich drei sauer eingelegte Heringe, verzehrt diese und guckt lange, lange in den blauen Himmel.

Er fühlt sich schon viel besser, beschließt aber, noch für den Nachhauseweg sich ein Bismarckheringsbrötchen mitzunehmen. Dieses verzehrt er auf dem Nachhauseweg; beim Gehen verabschieden sich die Zwiebeln und die Gurke, auch Elvis bekommt eine Ladung davon ab.

Macht nichts, denkt Tim, zu viel Zwiebeln sind

auch nicht gut … hmm … lecker so ein Bismarck-heringsbrötchen, dafür würde ich alles stehen und liegen lassen auf der Welt!

Die Zunge fährt noch mal um den Mund, um noch alle Reste mitzunehmen, und alle Finger werden genüsslich abgeleckt … hmm …

So, denkt Tim, heute werde ich alle meine Fotos auswerten und alles nachspielen und überdenken.

***

Auf der Polizeistation ist mal wieder Zeugenvernehmung angesagt.

Freya Petersen und der Kommissar nehmen sich noch mal den Fall vor.

»Die Untersuchungen und die Laborbefunde liegen vor.

Es handelt sich hier einwandfrei um einen durch Zyankali herbeigeführten Mord.

Dieses Zyankali, das sich in einem Röhrchen befand; der Inhalt wurde in ein Glas, das gekennzeichnet und mit Bloody Mary gefüllt war, geschüttet.

Entsprechende Handschuhe, die im Festzelt von Ole verwendet werden, wurden gefunden – das Röhrchen auch – in einem Müllbehälter, unweit von dem Festzelt.

Alles haben wir gefunden und im Labor untersuchen lassen. Die Ergebnisse liegen vor.

So, und nun lass uns zu den Zeugenvernehmungen kommen«, sagt der Kommissar zur Polizistin Freya Petersen.

»Die Liste, die von Ole und Gerrit angefordert wurde, liegt mir vor.

Ole und Gerrit haben vier Bedienstete aufgeführt; zwei Damen, die schon seit Jahren bei ihm sind und bedienen, und zwei Herren, die er erst vor dem Fest, dem Heringsfest, eingestellt hatte.«

Der Kommissar ruft die Damen nacheinander herein. Beide berichten, dass sie nur mit dem Bedienen im Festzelt was zu tun hatten und nichts mit dem Stammtisch und den Bloody Marys.

Dann verhört er die beiden Männer.

Zuerst einen Hein, der erzählt:
»Ich bin gar nicht in Berührung gekommen mit der

Theke, dem Stammtisch und den Bloody Marys, da mein Chef Ole mich angestellt hatte, für einige Zeit in der Küche mitzuhelfen, da so viele Essensbestellungen vorlagen und der Koch damit nicht hinterherkam.«

Auch kein Treffer, denkt der Kommissar und verabschiedet Hein.

Als Letzter kommt Piet dran, der erklärt:
»Durch Zufall bekam ich die Stelle bei Ole.

Ich war an dem Stammtischfest, genauer gesagt dem Heringsfest für das vorherige Abwaschen der Cocktailgläser zuständig. Stets trug ich Handschuhe. Die Gläser nahm ich aus dem Gläsertrockner heraus, polierte sie nach und stellte diese auf den Tresen mit dem Kopf nach unten.

Gerrit, die Frau von Ole, mixte die Bloody Marys und stellte die Gläser auf zwei Tabletts offen auf den Tresen. Diese sollten dann nacheinander von Gerrit und mir dem jeweiligen Stammtischbruder auf den Teller gestellt werden.

Aber alles war so durcheinander; jeder griff sich ein Glas – besonders durch das ungezügelte Verhalten von Klaas war alles außer Rand und Band.

Ich kann mir das alles nicht erklären, vor allem wie alles genau ablief.«

Das Protokoll ist fertig und Piet kann gehen.

»Hier läuft noch einiges unrund; wir werden das demnächst geklärt haben, da bin ich mir ganz sicher«, murmelt er in Richtung der Polizistin Freya Petersen.

***

Tim hat alle seine Fotos und Zeichnungen auf den Tisch gelegt und ist am Überlegen und fragt sich: Was haben die beiden Männer, die ich immer noch nicht zusammenkriegen kann, miteinander zu tun und was haben diese eventuell mit dem Mordopfer Klaas zu tun und wer hat das Zyankali in das Glas von Klaas getan und was für ein Motiv steckt dahinter?

Fragen über Fragen, die machen ihn fertig.

Er guckt immer wieder auf die Fotos mit den zwei Männern, die unklar sind ... und plötzlich ...

... als wenn ihm einer auf den Hinterkopf geklopft hätte, hat er's!

Auch bei einem anderen Foto, gemacht bei der

Stammtischrunde und Todesnacht von Klaas, entdeckt er etwas, was ihn fast vom Stuhl haut.
Ich muss den Kommissar anrufen – SOFORT! –

Zunächst ruft er die Polizistin Freya Petersen an; er deutet nur alles an am Telefon und bittet einen Termin mit dem Kommissar auszumachen und ihn dann zu benachrichtigen.

Freya Petersen ruft später zurück und sagt ihm den Termin zu.

***

Am terminlich vereinbarten Tag treffen sich auf der Polizeistation:
Freya Petersen, der Kommissar und Tim mit Elvis.

»Mir ist jetzt so einiges klar.«
Tim legt dem Kommissar die Fotos vor und erzählt von Flensburg und dem Kuss und der Schleifahrt nach Schleswig, wo er die beiden Männer gesehen hat.

»Hier auf dem Foto ist zu sehen, wie sie sich küssen, und ich habe selber gehört, wie der eine zum anderen gesagt hat: ›Ich liebe dich‹, und geantwortet wurde: ›Ich dich auch!‹.

Ich bin jetzt felsenfest davon überzeugt, dass es sich bei den beiden Männer um … und um … handelt.« Die beiden Namen mag Tim gar nicht aussprechen; er schreibt sie auf einen Zettel, den er dem Kommissar hinschiebt.

»Und hier, auf diesem Foto erkennt man«, so Tim weiter, »dass ein Mann, mit dem Rücken zur Kamera stehend, an den Gläsern herummanipuliert. Er hat schwarze Handschuhe an, das müsste man noch klären, wer das ist.

Eins ist mir nur nicht klar, was die beiden Männer mit Klaas' Tod zu tun haben sollen?«

»Eins ist klar«, sagt der Kommissar«, »Ich werde diese Fotos noch auswerten lassen und hier kommen wir nur zu einem Ergebnis, wenn wir ein Geständnis hätten oder astreine Beweise.«

Der Kommissar bedankt sich bei Tim, nimmt die Fotos an sich und sagt: »Ich melde mich wieder.«

So, das bin ich los, ein bisschen erleichtert bin ich schon; soll die Kripo sich jetzt einen Kopf machen, so Tim.

»Komm, Elvis, wir gehen jetzt zu Emmi, der Kuchenhausbetreiberin. Mal sehen, was es da Neues gibt.«

Bei Emmi ankommend, staunt Tim nicht schlecht.

Vorne, vor ihrem Kuchenladen, steht riesengroß ein Schild mit der Aufschrift:

Der großen Nachfrage wegen
heute wieder
Bloody-Mary-Torte

Wie pietätlos, denkt Tim, aber so ist die Welt, des einen Leid – des andern Freud.

Er bestellt sich seine geliebte Schlei-Fjord-Sturm-Torte und einen Pott Kaffee dazu.

Emmi setzt sich zu ihm und quetscht ihn aus über Neuigkeiten in dem Mordfall.

Aber Tim sagt nur: »Gibt nichts Neues«, und denkt: Wenn du wüsstest!

Tim ist einfach nur glücklich, wenn man das in diesem Fall sagen kann, dass er bei der Aufklärung helfen konnte.

Er kann es sich aber nicht verkneifen zu Emmi zu sagen:
»Weißt du, Emmi, das mit deiner Bloody-Mary-Torte finde ich gar nicht lustig, um es mal vorsichtig auszudrücken.«

»Ach«, so Emmi, »ich muss auch zusehen, wie ich meine Miete bezahle und ich bin ja nun mal Geschäftsfrau und muss zusehen, wie ich über die Runden komme.«

***

Fiete beißt gerade in seine Bratwurst an einer Bude auf dem Brarup-Markt in Süderbrarup, was circa elf Kilometer von Kappeln entfernt liegt, als eine laute Stimme in seine Richtung sagt:
»Moin, moin, Fiete.«
Es ist Heinrich, der Bauer und Ferien-auf-dem-Bauernhof-Betreiber aus Kappeln.
»Na, auch hier mit Familie?«, fragt Fiete.

»Ja, das ist ein Muss. Wir müssen hier einfach jedes Jahr hin, denn dieser größte ländliche Jahrmarkt stellt für alle hier die fünfte Jahreszeit dar.«

»Ja, meine Familie, die habe ich erst mal rumgeschickt; wir treffen uns später alle im Zelt nebenan wieder.«

Sich umdrehend, sagt Heinrich zu seiner hinter ihm stehenden Familie: »Macht auch eure Runden und lasst euch viel Zeit dabei. Ich bleibe hier bei Fiete und wir treffen uns dann alle im Festzelt nebenan.«

Die Familie verschwindet und Heinrich bestellt sich erst mal zwei Bratwürste, denn er hat einen Riesenhunger.

»Du Fiete«, sagt Heinrich, »der Fall Klaas liegt mir noch immer schwer auf dem Magen. Es wird Zeit, dass der Fall bald aufgeklärt wird, damit wir alle endlich wieder zur Ruhe kommen und der Alltag wieder aufgenommen werden kann wie früher.«

Fiete sagt zu Heinrich:
»Ich glaube ja, dass hier von einer Täterin ausgegangen werden muss; erstens, weil die meisten Giftmorde von Frauen begangen werden und zweitens, dieser Weiberheld von Klaas hat es ja geradezu darauf angelegt, dass mal so was passiert.
Er hat ja fast jede Frau hier – ob verheiratet oder nicht – ins Bett gekriegt.

Für mich stehen alle unter Verdacht, die mit ihm ein intimes Verhältnis gehabt haben.

Weiter«, so Fiete, »auch verstehe ich Ole nicht, dass er das Verhältnis seiner Ehefrau mit Klaas zugelassen hat.

Wenn das meine Ehefrau mit mir gemacht hätte, das hätte sogleich Konsequenzen gehabt.

Nur Weicheier lassen so was mit sich machen!

Aber ich will mich weiter nicht auslassen; mir hängt das Thema zum Halse heraus; ich möchte eigentlich damit nichts mehr zu tun haben, aber solange der Fall nicht abgeschlossen ist, muss ich mich damit leider noch beschäftigen.

Auch sollte man die Witwe von Klaas unter die Lupe nehmen. Sie hat ja alles ertragen müssen, was menschlich kaum auszuhalten ist. Sie ist eine nette und ruhige Person, aber die Eifersucht … sie macht vieles kaputt. Auch war sie ja gar nicht am Tattag dabei, aber man weiß ja nie, bei Frauen und Eifersucht ist alles möglich.«

Fiete und Heinrich gehen ins Zelt nebenan und bestellen sich ein Bier – aber aus der verschlossenen Flasche, die sie selber aufmachen können – sicher ist sicher, denken sie.

Dann kommen die Familien zurück, dann erfolgt

ein Tschüss und jeder geht seiner Wege, meist noch lange Zeit über den Brarup-Markt.

Dann ein »Kiek mol wedder in« – bis nächstes Jahr lieber Brarup-Markt.

»Aber«, sagt Fiete zu seiner Familie, »ich muss unbedingt noch die Fischbrötchenstände mir angucken, eins probieren und die Preise vergleichen.«

Alle bewegen sich in Richtung Fischbrötchenstand, angekommen, probieren alle ein anderes Fischbrötchen und Fiete und seine Familie kommen zu dem Schluss: »Kein Vergleich. Meine sind die BESTEN.« Das sagt ganz stolz Fiete!

***

»So ein Schiet«, sagt Tim, »meine Eisentür vorne vor dem Haus hat aus Altersgründen aufgegeben; eine neue muss her!«

Er macht sich mit Elvis auf zu dem Schmiedemeister, der in der Nähe seine Werkstatt hat.

»Mensch, Tim, altes Haus«, wird er herzlich begrüßt. »Was ist bloß bei euch in Kappeln los? Jetzt macht das Böse noch nicht mal halt vor diesem schönen Ort. Ich habe aus der Zeitung davon erfahren.

Manchmal bin ich froh, dass ich hier so einsam und alleine wohne; bei mir hat das Verbrechen keine Chance!«

Sie besprechen alles, und als sich Tim verabschiedet, guckt er auf seine Uhr; man, es ist ja noch nicht mal 11 Uhr; was sollen wir zu Haus, da erwartet uns ja keiner und wo wir schon mal hier in der Nähe von Eckernförde sind, fahren wir einfach mal wieder dahin.
War schon lange nicht da.
In Eckernförde parken sie am Ostsee-Wellenbad.
Als er das Gebäude sieht, murmelt Tim:
»Da müsste ich auch mal wieder baden gehen, na ja, wenn der Fall abgeschlossen ist, dann fahre ich noch mal her und wasche mir alles ab; diesen ganzen Dreck des Stammtischmordes. Werde ich auch tun«, beschließt er.

Sie gehen entlang des Strandes auf der Promenade spazieren; es ist viel Trubel und Badebetrieb da.
Elvis trifft viele Hundekollegen; er ist ganz aus dem Häuschen.

Sie setzen sich auf eine Bank auf der Promenade.

Tim sieht viel nackte Haut und erfreut sich an diesen schönen Figuren. Was für viele hübsche Mädchen es doch gibt! Aber, er sieht auch andere Figuren. O Mann, denkt er, was einige Badeanzüge alles aushalten müssen!

Na ja, alle können ja nicht das Idealmaß haben; aber dann sollten sie sich doch in eine größere Nummer zwängen, denkt Tim schmunzelnd.

Dann setzen sich Tim und Elvis am Strand in eine Strandbar und Tim bestellt sich erst mal einen Kaffee und für Elvis muss eine Schüssel mit Wasser her.

Dann fällt Tims Blick auf die Frischhaltetheke und er sieht seine Fischbrötchen. Jetzt gibt es kein Halten; er rennt dahin und bestellt sich gleich zwei Fischbrötchen – sein geliebtes Bismarckheringsbrötchen und ein Matjesbrötchen.

»Seeluft macht hungrig«, murmelt Tim und verschlingt alles in kürzester Zeit.

Aber, er muss feststellen: Fietes Fischbrötchen in Kappeln schmecken mir besser; auch sind die Priese mir dort wohlgesonnener!

Nach einiger Zeit, als er schon fast aufstehen und gehen will, es haut ihn fast um, sieht er zwei Männer händchenhaltend im Sand spazieren gehen.

O Mann, denkt Tim, sind das die zwei Männer aus Flensburg und die von der Schleifahrt nach Schleswig?

Aber irgendwie kommt ihm alles anders vor.
Er knipst und knipst; wird dabei aber nicht gesehen, da die zwei nur Augen für sich haben.

Dann plötzlich dreht der eine sich um.
Nanu, fragt sich Tim, was ist denn nun los?

Der sieht ja ganz anders aus als der aus Flensburg und Schleswig.
Die Haare blond gefärbt mit einer unmöglichen Frisur und auch die Figur ist anders.
Der andere ist derselbe Typ.

Habe ich Halluzinationen oder was ist los?, fragt er sich.

Er knipst und knipst.

Was ist bloß los? Jetzt verstehe ich die Welt überhaupt nicht mehr.

Sein Kartenhaus, das schon fast fertig war, fällt zusammen.

Als er wieder zu sich kommt, sind die beiden verschwunden.

Die Sache beschäftigt ihn so, dass er sich gar nicht mehr auf das Autofahren konzentrieren kann.

Fast hätte er noch einen Verkehrsunfall gehabt.
»Reiß dich jetzt zusammen«, sagt er zu sich selbst; »das bin ich Elvis schuldig, ihn gesund und munter nach Hause zu bringen.«
Er blendet jetzt alles aus von diesem blöden Fall und fährt vorsichtig mit Elvis nach Hause nach Kappeln.

Zu Hause wird ein ganz neues Kapitel aufgeschlagen. Das alles muss ich Freya Petersen und dem Kommissar erzählen, denkt er.

Der Fall ist noch lange nicht gelöst!

***

Am nächsten Morgen bringt Tim seine neuen Fotos von Eckernförde zu Freya Petersen in die Polizeistation.

Er ist ganz außer sich und erzählt ihr die ganze Geschichte. Diese staunt nicht schlecht und sagt: »Die

Fotos werde ich sogleich dem Kommissar zukommen lassen.«

»So«, sagt er zu Elvis, »das bin ich los; jetzt können mich alle mal …«, und geht an den Hafen.

Dort entdeckt er Jette mit ihrem Crêpes-Stand.

»Moin Tim«, sagt diese, »Bist du schon wieder dabei, die Welt zu retten?«
»Komm, ich geb einen Crêpes aus.«

Sie bereitet alles zu, gibt ordentlich viel Füllung rein, klappt alles zusammen und setzt ihn Tim vor.

Dieser greift gierig zu, denn er hat ja heute noch kein so richtiges Frühstück zu sich genommen, beißt kräftig zu und schon, wie aus einem Vulkan, schießt die Füllung auf sein neues Hemd.

Innerlich denkt er: Mist, und zu Jette hin grinst er und murmelt: »Nicht so schlimm, es gibt ja Waschmaschinen!«
Ein schöner großer Fleck voll mit Schokolade. »Ich sehe ja aus, als wenn ich vom Kindergeburtstag komme – meine Güte«, sagt er und versucht alles abzuwischen, was die Sache nur noch schlimmer macht.

»Nee, Crêpes sind nicht mein Ding, einfach zu süß, die sind was für Kinder und Frauen; mir ist ein Bismarckheringsbrötchen tausendmal lieber«, so Tim.

»Na«, sagt Tim zu Jette, »hast du die Sache mit Klaas schon verarbeitet?«

»Bin dabei«, sagt diese kurz.

Und Tim hakt nach: »Wieso, Jette, hast du überhaupt eine Liebschaft mit einem verheirateten Mann angefangen und bis zu Klaas' Tod gehabt?«

»Nun, ich bin eine junge Frau und ledig und denke oft, mir gehört die ganze Welt.

Aber in ernsten und traurigen Momenten denke ich: Jette, du sollst nicht so egoistisch sein, denke auch mal an die Ehefrau und die Kinder!

Ich bin jetzt so weit, dass ich keine Liebschaft mehr mit einem verheirateten Mann anfangen will.«

Prima, bei Jette hat sich schon eine Veränderung in positiver Hinsicht eingestellt, denkt Tim.

Und Jette fährt fort:

»Ich werde meinen Crêpes-Stand verkaufen; das Geschäft hält mich so gerade über Wasser.

Ich habe schon eine Stelle als Altenpflegerin hier in Kappeln angenommen. Das ist ja mein alter erlernter Beruf, der mir sehr viel Spaß macht.«

»Das freut mich aber«, antwortet Tim.

»Der Fall ist ja noch immer nicht gelöst, alles ist sehr verworren. Hast du einen Verdacht, Jette?«, fragt Tim.

»Na, man will ja keinen verdächtigen, aber die Fenja, die Kindergärtnerin, gibt mir schon Rätsel auf.«

»Wieso?«

»Sie zieht sich so zurück; ich erkenne sie gar nicht wieder und außerdem …

Sie lief dem Klaas ja so nach, das war schon recht peinlich!

Klaas hat mir auch des Öfteren erzählt, dass Fenja ihn so belästige und ihn unbedingt ins Bett haben wollte, aber Klaas hat ihr mächtig eins mitgegeben und Klartext gesprochen; dann war Ruhe im Karton!

Aber weiß man; Frauen ticken halt anders …«

»Wird sich alles klären und vielen Dank für alles«, sagt Tim zu Jette und guckt auf sein bekleckertes Hemd.

Dann trottet er Richtung seinem Zuhause und verdeckt, so gut es geht, sein bekleckertes Hemd, macht noch ein paar Umwege, damit er nicht durch die

Innenstadt gehen muss, und ist dann endlich zu Hause.

Einige Zeit später, beim Schlürfen seines Kaffees: »Ach«, sagt Tim zu Elvis, »heute fahren wir zwei einfach mal durch die Gegend und denken an gar nichts.«

Es geht Richtung Arnis, der kleinsten Stadt Deutschlands. Die hübschen Gassen, der Friedhof mit der geschichtsträchtigen Kirche werden bestaunt und dann setzt die kleine Fähre sie über die Schlei an das andere Ufer und es geht weiter durch prächtige Landschaft nach Missunde, der engsten Stelle der Schlei.
In einem schönen Restaurant setzen sie sich auf die Terrasse und gucken dem lebhaften Schiffsverkehr zu.
Tim und Elvis sitzen lange da und Tim denkt über sich und die Welt nach.
Ein schönes Fleckchen Erde, denkt er, das gilt für die gesamte Schleigegend!

***

Heute ist Gartenarbeit angesagt.
Tim mäht den Rasen: Schweißperlen stehen auf seiner Stirn und er denkt: Dieses Mistrasenmähen; ich

müsste mir zwei Schafe anschaffen, die dann alles runterfressen und ich könnte mir das Mähen sparen! Aber, die müssten im Winter untergebracht werden und Futter und, und, und, das wäre alles noch viel komplizierter und würde auch mehr Arbeit machen.

Da klingelt das Telefon und der Schmied kündigt sein Kommen an.

Der Schmied kommt samt Tür am Nachmittag.
Die Tür wird reingesetzt, angepasst und fertig ist alles.

»Tim«, schreit der Schmied, »komm gucken!«

Tim sieht sich die schmiedeeiserne Tür mit den schönen Motiven an und ist ganz verzückt.

»Darauf trinken wir noch einen Kaffee«, und es gibt – ausnahmsweise kein Fischbrötchen, denn Tim hatte keine Zeit mehr, zu Fiete zu laufen, um welche zu holen – Mettbrötchen mit viel Zwiebeln; die schmecken auch prima.
»Mensch Tim, was wohnst du schön; vorne die Schlei, dann dein Reetdachhäuschen und jetzt vor dem Haus die neue hübsche Tür in Friesenblau inmitten des Steinfriesenwalls mit Heckenrosen, postkartenreif, sage ich nur!«

Der Kommissar hat Piet und Hannes vorgeladen.

Beide erscheinen und zuerst wird Piet vernommen.

Der Kommissar hält Piet die Fotos, auch die mit Hannes und einer fremden männlichen Person in Eckernförde vor und befragt ihn dazu.
»Wer ist der Mann auf dem Foto neben Ihnen?«

»Ja, es stimmt, es ist Hannes, der Ehemann von Hauke, dem Apotheker.
Wir haben ein Liebesverhältnis; ich liebe ihn sehr, ich bin ihm stark sexuell verfallen. Immer wieder haben wir uns getroffen und auch Wochenenden verbracht.«

Dann guckt er sich lange das Foto, gemacht in Eckernförde, an und schweigt.

»Der eine Mann ist Hannes und den blond gefärbten Mann kenne ich nicht.«

Dann schweigt er wieder …

Der Kommissar wird nun lauter.
Er zeigt ein neues Foto und fragt: »Und was haben Sie hier an der Theke mit Ihren schwarzen Handschuhen gemacht?«

Piet schweigt.

Der Kommissar wird noch lauter.
»Wir haben Beweise, dass Sie, Piet, das Gift aus dem Röhrchen in das Glas mit dem rot gekennzeichneten Punkt getan haben.
Das Röhrchen mit Ihren Fingerabdrücken darauf wurde gefunden.
Warum wollten Sie Klaas umbringen?«

Piet springt auf und schreit:
»Ich wollte keinen umbringen; zumindest nicht Klaas; das war ein Versehens- und Zufallsopfer.«
Dann sackt er wieder in sich zusammen und schweigt.

Jetzt lässt der Kommissar nicht mehr locker; er weiß, dass Piet jetzt kurz vor seinem Ausbruch steht.

»Piet«, sagt er, »erleichtern Sie Ihr Gewissen; sagen Sie jetzt die Wahrheit, das wird Sie befreien.«

Der sagt nun nach langer Pause:
Also ich war und bin dem Hannes, dem Ehemann des Apothekers Hauke, sexuell hörig und dermaßen verfallen und hätte alles für ihn getan.

Wir haben uns beide übers Internet kennengelernt und da er hier in Kappeln mit dem Apotheker

Hauke verheiratet ist, bin ich zu Ole nach Kappeln gekommen.

Hannes hat mir immer wieder seine Liebe gezeigt und auch gesagt, dass er den Apotheker, den Hauke, nicht mehr ertragen kann, der ihm auch sexuell nichts mehr gibt.

Außerdem ist ein großer Altersunterschied zwischen beiden.

Hannes hat sich den Apotheker gezielt aus dem Internet ausgesucht, da dieser vermögend war und er sich ein gutes Leben da erhoffte.«

Nach einigen tollen Liebesnächten mit Hannes, so Piet weiter, hat Hannes ihn angestiftet und unter Druck gesetzt, den Hauke außer Gefecht zu setzen. Er sollte aus Hannes' Leben verschwinden; praktisch habe er ihm einen Auftragsmord erteilt und ihm signalisiert, dass sie beide danach ein flottes Leben mit dem Geld des Apothekers führen könnten.

»Er, der Hannes, hatte mich, Piet, sexuell so manipuliert. Ich hätte alles für ihn getan, sodass ich letztendlich dazu bereit war; der Stammtisch sollte es sein!

Ich besorgte mir über graue Kanäle übers Internet das Zyankali.

Das Zyankali hab ich dann in einem unbeobachteten Augenblick aus dem Röhrchen in das Glas getan, das ich vorher mit einem roten Punkt gekennzeichnet hatte.

Das Glas stellte ich ganz an die Ecke besonders auf das Tablett und wollte dann das Glas dazu dem Hauke vorsetzen.

Aber alles kam anders.

Klaas, das Opfer, kam von dem Tanz ganz angeheizt zu uns an den Stammtisch und nahm sich ganz ungeniert ein Glas, unglaublicherweise das, welches für Hauke bestimmt war, und schon war es passiert ...

Ja, ich würde alles rückgängig machen, wenn ich es könnte!«

Der Kommissar fragt:
»Warum haben Sie jetzt alles rausgelassen und Hannes mit reingezogen?«

»Ich wurde misstrauisch, da ich von einem Freund aus Hamburg, der die dortige Szene kennt, angerufen wurde, dass Hannes dort ordentlich mitmischt und einen Neuen mit blond gefärbten Haaren haben soll.

Als ich das hörte, war aber leider alles schon passiert.

Und dann sah ich auch noch das Foto, das Sie mir vorgelegt haben, aus Eckernförde, mit diesem blond gefärbten Mann, das brachte bei mir alles zum Überlaufen und ich musste mich durch diese Aussage befreien.

Die Eifersucht zerfraß und zerfrisst mein Herz!

Ich muss feststellen, dass ich von Hannes nur benutzt worden bin.«

Das Protokoll wird unterschrieben und der Kommissar bittet Hannes herein.

Piet muss in einem anderen Raum warten.

Hannes, der Ehemann von Hauke, erscheint recht forsch.

Der Kommissar hält ihm alles vor, was Piet ihm gerade erzählt hat, und fragt ihn:
»Was sagen Sie dazu?«

Hannes springt auf, wirft den Stuhl dabei um und schreit:

»Was will der Kerl, der Piet, von mir?!
Will mir was unterstellen – eine Anstiftung – eine Frechheit!

Ich habe mit dem nichts zu schaffen, einmal waren wir zusammen, da ich sexuell mit Hauke nichts mehr anfangen konnte; ich suchte nur ein Abenteuer – mehr nicht –. Ich habe mit alledem nichts zu tun.«

Er unterschreibt das Protokoll und will nur schnell weg, da bittet der Kommissar den Piet, der nebenan gewartet hatte, nochmals herein.

Als Hannes den Piet sieht, schreit er diesen an:

»Du Schwein willst mir was unterstellen, komm mir nicht mehr unter die Augen!
Und alles das beweise mir mal!«

»Das kann ich auch«, sagt Piet ganz ruhig. »Du wirst dich noch wundern, so dumm bin ich nicht, wie du mich hinstellst.
Ich habe Zeugen, Fotos, E-Mails und Mitschnitte von Telefonaten …«

Der Kommissar muss einschreiten; er winkt andere Kollegen der Kripo heran und dann sagt der Kommissar:

Ich nehme Sie beide fest und die Handschellen klicken.

Dann sagt der Kommissar zu Freya Petersen:
»Wie schlecht ist doch bloß diese Welt.

Wir haben alles getan, jetzt müssen der Haftrichter, die Staatsanwaltschaft und das Gericht alles klären und letztlich werden Urteile fallen.

Jetzt müssen wir nur noch den Apotheker, den Hauke, befragen. Eine Ladung zur Anhörung muss raus!«

***

Der Apotheker Hauke erscheint auf der Polizeistation.
Zu ihm ist noch nichts durchgedrungen von der Festnahme von Hannes, denn der war ja öfters unterwegs und in der Zeitung stand ja auch noch nichts.

Im Grunde weiß er gar nicht, wozu er hier noch mal befragt wird.

Der Kommissar und Freya Petersen erscheinen.

Sie gehen behutsam vor, denn schließlich ist das ja eine furchtbare Nachricht, die er erst mal zur Kenntnis nehmen muss und auch noch zu verarbeiten hat. Der Kommissar erzählt noch mal von den Ereignissen rund um Klaas.

»So«, sagt er dann zu dem Apotheker, »Sie müssen jetzt stark sein und bitte, wenn Ihnen alles zu viel wird, sagen Sie es; wir machen dann eine Pause!

Also, das Todesopfer Klaas war ein Versehens- und Zufallsopfer. Er sollte gar nicht getötet werden – sondern Sie, Hauke!«

Hauke reißt die Augen auf, kann alles gar nicht fassen.

»Mir galt das?«, fragt er ungläubig.

Der Kommissar erzählt ihm alles von Hannes und Piet und der weiteren Liebschaft seines Ehemannes Hannes und zeigt ihm auch die unterschriebenen Protokolle.

Hauke ist fassungslos.

Er erzählt: »Ich habe Hannes über das Internet kennengelernt.

Gut, ich bin 62 und er ist 43, das ist keine so gute Ausgangsposition; aber ich war so alleine.
Dass er es auf mein Geld abgesehen haben könnte, kam mir schon manchmal in den Sinn.
Dass er manchmal übers Wochenende weg war, habe ich hingenommen.

Als die Ehe für alle dann kam, haben wir geheiratet.
Aber so richtig glücklich war ich nie!

Dieses ist jetzt eine Nummer, die kann man nie wieder aus der Welt schaffen.

Ich muss darüber schlafen, abwarten und werde sicherlich den Hannes rausschmeißen und die Scheidung einreichen. Keinen Cent soll er erhalten.

Ich weiß von früher, dass es ein Gesetz gab, das eine Erbschaft ausschloss, wenn jemandem nach dem Leben getrachtet wurde.

Aber es muss erst mal ein rechtskräftiges Urteil des

Gerichts vorliegen; ich werde mich rechtlich beraten lassen.

Die Apotheke werde ich verkaufen und ich werde mir ein Häuschen auf dem Lande – bestimmt nicht weit weg von Kappeln – kaufen und meinen Hobbys nachgehen.«

Dann unterschreibt Hauke das Protokoll und geht traurig seines Weges ...

Jule, die Reporterin, die täglich nachgefragt hatte, nach dem Stand der Ermittlungen, wittert jetzt ihre große Chance. Endlich kann sie berichten.

***

Tim tritt aus seinem Reetdachhäuschen, reckt und streckt sich. Sein Blick fällt auf die neue Tür vorne im Garten und er denkt, wie hübsch das alles aussieht; die Tür und das Gartentor dazu – alles in Friesenblau – daneben rechts und links der Feldsteinfriesenwall mit den rosa Röschen drin und dahinter die himmelblaue Schlei; was ist das bloß schön hier!

»Wir werden gleich auf die Polizeistation zu Freya Petersen gehen, Elvis; die hat mich heute Morgen schon aus dem Bett geklingelt!«

Tim und Elvis erscheinen auf der Polizeistation, wo ihn schon Freya Petersen und der Kommissar erwarten.

Alles wird erzählt und dass die Sache nun abgeschlossen sei und dass letztendlich das Gericht das letzte Wort hat.
»Was ich noch fragen wollte«, so Tim zu der Polizistin Freya Petersen, »mir fällt auf, dass ich schon längere Zeit den Finn-Luca nicht gesehen habe; wo ist der denn?«

Freya Petersen erzählt: »Der hat die Polizeiausbildung hingeschmissen, das alles war zu viel für seine arme Seele ... und Leichen ... unmöglich für ihn.

Jetzt ist er in der Modebranche unterwegs, was ihm wohl besser bekommt.«

Modebranche? Tim reißt die Augen auf und meint: »Ja, heutzutage gibt es keine richtigen Männer mehr; alles Warmduscher und verwöhnte Muttersöhnchen!«

Nun wird es ganz offiziell. Freya Petersen übergibt dem Kommissar einen riesengroßen Blumenstrauß, der ihn an Tim weiterleitet.
»Tim, das ist für deine Mithilfe. Du hast viel zur

Aufklärung dieses Falls beigetragen, ohne dich wären wir noch lange nicht so weit.«

Wie aus dem Nichts taucht jetzt auch noch Jule, die Reporterin, auf, die ein Foto für die Tageszeitung machen will.
Wohin mit dem großen Blumenstrauß?, denkt Tim, der verdeckt ja mein ganzes Gesicht, so eitel bin ich doch noch.
Also reißt er den blöden Blumenstrauß hoch vor Freya Petersens Gesicht und sagt: »So Jule, jetzt knips!«
Was soll ich mit dem Blumenstrauß, diesem Gestrüpp! Bin ich eine Frau?, denkt Tim.
»Das ist bestimmt auf Freyas Mist gewachsen«, murmelt er grimmig.

Dieses Grünzeug muss ich nun mitschleppen – wie unpraktisch –, dann hört er sich sagen: »Das wäre doch nicht nötig gewesen; für mich war das eine Selbstverständlichkeit, zur Aufklärung beizutragen.«

Dann trennen sie sich alle.

Tim hat jetzt Elvis' Leine in der einen Hand und den blöden Blumenstrauß in der anderen Hand.

Den Strauß muss ich schnellstens loswerden; ich

sehe ja unmöglich aus, als wenn ich zu einem Date gehen würde!

Tim überlegt.
»Ach, den werde ich Emmi, der Kuchenhausbetreiberin, unterjubeln«, sagt er zu sich und geht schnell in Richtung »Emmis Kuchenhaus«.
Dort ankommend sagt er laut zu Emmi:
»Moin Emmi, hier habe ich etwas Blumiges für dich!«

»Wieso?«, sagt diese. »Wie komme ich denn zu der Ehre? Was für ein Verbrechen hast du denn auf dem Gewissen?«

Sie müssen beide über diese Bemerkung lachen.
»Hör auf mit Verbrechen; ich kann dieses Wort nicht mehr hören«, sagt Tim zu ihr.

Er erzählt ihr in groben Zügen alles und fährt fort:
»Alles andere wirst du morgen aus der Zeitung erfahren.

Aber nun möchte ich, als Abschluss dieser scheußlichen Geschichte, doch noch ein Stück dieser Bloody-Mary-Torte probieren ..., und ich habe dabei überhaupt kein schlechtes Gewissen!«

Er probiert und Emmi hängt an seinen Lippen. Dann sagt Tim:
»Meine Kritik …« Emmis Gesicht wird lang. »… das Stück Torte hat prima geschmeckt; das Stück hätte ein bisschen dicker sein können, so gut hat sie mir geschmeckt – diese Bloody-Mary-Torte aus Kappeln.«
Von Geschäften und Geldverdienen hat Tim null Ahnung, denkt Emmi.

»Aber weißt du, Tim, ich spendiere dir noch ein ganz großes Stück davon, das hast du dir redlich verdient.«

Dann stellt sie ihm ein riesengroßes Stück von der Bloody-Mary-Torte hin und noch einen Pott Kaffee dazu und Tim ist im Kuchen- und Tortenhimmel.

Danach, Emmi wird noch geknutscht, geht er mit Elvis Richtung Heimat; sie kommen am Hafen vorbei, er setzt sich auf die Rundbank und sie gucken dem Leben am Hafen zu: die Segelschiffe, die Ausflugsdampfer, die Menschen, die Busse mit den Touristen, die Angler und die Brücke, die tagein/tagaus hoch- und runtergeht, damit die Schiffe durchkommen.
Wie im Leben, denkt Tim. Das Leben geht auch immer hoch und runter und mal ist man ganz am Boden.

Was für ein schönes Plätzchen hier, denkt er und danke, dass ich hier leben darf!
Daraufhin hebt Elvis sein Bein an der Bank; das ist seine Zustimmung dazu.

***

Die Zeitung erscheint am frühen Morgen.

Ich muss mir erst mal einen Kaffee und ein Schwarzbrot mit Käse machen, bevor ich mir das reinziehe. Wer weiß, was Jule da fabriziert hat und wie ich aussehe auf dem Bild.

Genüsslich setzt er sich mit dem Frühstück draußen vor sein Häuschen und blättert hastig die Zeitung durch.

Da ... eine ganze Seite voll und dann ein Bild von Freya, dem Kommissar und ihm und dem blöden Blumenstrauß ...

Tim muss laut lachen, der riesengroße Blumenstrauß verdeckt Freya Petersens großen, runden Kopf. Geschieht ihr recht; das geht auf ihr Konto.

Jetzt klingelt pausenlos sein Telefon; alle wollen etwas von ihm wissen – nicht zum Aushalten –; ich muss aus dem Hause flüchten!

Sich nach Ruhe sehnend, gehen Tim und Elvis spazieren; Tim zieht es ja immer zum Yachthafen, wo er sich immer die Segelschiffe gerne anguckt; da er ja auch früher Segler war, das muss man auch sein hier, wenn man hier wohnt – ein Muss sozusagen –.
»Mon, moin, Tim«, sagt laut eine Stimme. Sie kommt von einem Schiff und Janne steht da und winkt.

»Komm an Bord«, sagt Janne zu Tim.
Keine schlechte Idee, denkt Tim und geht zu Janne.

»Moin Janne, kann Elvis mit an Bord?«

»Klar«, meint dieser, »Elvis gehört doch zur Familie! Willkommen an Bord«, sagt Janne. »Ihr beide seid hier herzlich willkommen.«

Janne befragt Tim, was es Neues gibt.
Tim fragt ihn, ob er noch keine Zeitung von heute gelesen hat.
»Nö«, sagt dieser. »Ich war schon ganz früh heute unterwegs.«
Nun wird er über alles von Tim informiert.
Alle haben es sich gemütlich gemacht auf dem Außendeck des Schiffs.

»So, erst mal mach ich uns einen Kaffee«, sagt Janne.

Janne und Tim sitzen nun mit einem heißen Pott Kaffee draußen auf dem Außendeck; zu ihren Füßen liegt Elvis.

»Jetzt ist Gott sei Dank alles vorbei«, sagt Janne. »Aber weißt du, Tim, wie schlecht ist doch diese Welt!

Und die Frauen, wie abgrundtief sind die doch verdorben. Alle! Ich weiß, warum ich ledig bin!«

Tim erwidert:

»Ich habe eine sehr gute und glückliche Ehe geführt; mein Finchen ist ja leider vor zwei Jahren verstorben. Sie liebe ich und werde sie bis an mein Lebensende lieben. Eine neue Frau kommt mir niemals ins Haus. Ich habe meinen Elvis, den hat mein Finchen schon vor ihrem Tod angeschafft. Sie sagte dann: ›Den nennen wir Elvis‹, weil wir beide so gerne Elvis Presley gehört haben, und weiter meinte sie, ›wenn einer von uns stirbt, dann bleibt dem anderen immer noch der Elvis als Familienmitglied an seiner Seite‹. Und so ist es; ich könnte mir keinen besseren Mitbewohner vorstellen als meinen Elvis.

So eine Liebe zwischen Mensch und Tier ist etwas ganz Besonderes! Balsam für die Seele!«

»Das stimmt«, sagt Janne. »Jetzt habe ich leider keine Zeit, aber später schaffe ich mir bestimmt einen an.«

»Und weißt du«, sagt Tim zu Janne, »du findest auch noch deinen passenden Deckel!«

»So, nun lange genug geschwatzt; hast du Lust, noch einen Törn auf der Schlei und zur Ostsee zu machen?«, fragt Janne.

»Klar, immer«, sagt Tim hocherfreut.

Früher hatten Tim und sein Finchen auch ein Segelboot und sie segelten viel auf der Ostsee herum.

Sie machen jetzt alles startklar.
Elvis muss unter Deck in einem festen Körbchen bleiben, damit er nicht hin und her geschleudert werden kann, und schon geht die Reise los.

Es geht die Schlei entlang, bis sie zur Ostsee kommen in Schleimünde.
Der Wind ist gut und sie segeln flott über die Ostsee.

Tim schließt die Augen, herrlich diese Ruhe, man kann nur das Flattern der Segel und das Rauschen der Wellen und des Windes hören. Beide genießen diesen Zustand.

So geht es lange, lange Zeit.

Zwischendurch wird mal nach Elvis geguckt, alles in Ordnung. Der macht ein Schläfchen.

Tim sagt zu Janne:
»Als Dank für den heutigen schönen Tag lade ich dich zum Fischessen ein.«

»Da fällt mir was ein«, sagt Janne. »Wir machen auf der Rücktour auf der Schlei Halt in Maasholm im Hafen und da kenne ich ein tolles Fischrestaurant.«

In Maasholm steuern sie den Hafen zu den Gastliegeplätzen an; nehmen Elvis aus seinem Körbchen und alle drei gehen zu dem besagten Restaurant.

Von dem Segeltörn sind sie hungrig und durstig.

Bei dem herrlichen Wetter setzen sich Janne und Tim auf die Terrasse. Elvis liegt zu Herrchens Füßen.

Die Speisekarte wird rauf und runter gelesen.

Alles so schöne Sachen stehen drauf und beiden läuft das Wasser schon im Munde zusammen.

»Oh«, sagt Tim. »Ich habe schon lange keinen Aal gegessen.«

Er bestellt sich Aal in Dillsoße und ein großes Bier.
Janne will den Dorsch.

Beide zischen das Bier wie nix herunter und bestellen sich noch eins.

Als sie satt im Stuhl hängen, sagt Tim zu Janne:
»Ist das nicht ein schönes Leben, was wir hier in dieser Region führen können, was für ein schönes Fleckchen Erde.
Ich will niemals aus meinem Kappeln weg.«

»Ich auch nicht«, sagt Janne.

»Und, Janne, man muss ja auch sehen, in welcher Umgebung wir hier leben.
Einfach gesagt:
Rechts die Schlei und die Ostsee, links die Nordsee mit all ihren Inseln und Halligen und oben Dänemark.

Wer hat denn so was?

Alle Reiseangebote in ferne Länder mit dem Reisestress, der damit zusammenhängt, das alles kann mir gestohlen bleiben«, so Tim.

»Die Menschen sollten lieber im eigenen Lande bleiben, denn Deutschland ist so schön und besonders schön ist es in meinem geliebten Kappeln an der Schlei.

… und morgen hole ich mir wieder mein geliebtes Bismarckheringsbrötchen von Fiete! …«

Die Heimreise wird angetreten; in Kappeln ankommend, wird sich stürmisch verabschiedet und der Alltag kann wieder beginnen.

Na ja, zum Wellenbad müsste ich auch noch, um alles, was mit dem Mordfall zusammenhing, abzuwaschen, den ganzen Dreck davon; rein zustandsmäßig gemeint; die Seele sollte wieder sauber und rein sein.

… und warum erst morgen ein Fischbrötchen holen? Ich hole mir heute noch eins! … denn verschiebe nicht auf morgen, was du heute kannst besorgen …

Mohltied und Moin Moin.